다
채
로
운

일
상

다채로운 일상
어느 트랜스젠더 이야기

다채롬 지음

2022년 2월 27일
초판 1쇄 발행

펴낸이	한철희
펴낸곳	돌베개
등록	1979년 8월 25일 제406-2003-000018호
주소	(10881) 경기도 파주시 회동길 77-20 (문발동)
전화	(031) 955-5020
팩스	(031) 955-5050
홈페이지	www.dolbegae.co.kr
전자우편	book@dolbegae.co.kr
블로그	imdol79.blog.me
트위터	@dolbegae79
페이스북	/dolbegae

편집	유예림
표지 디자인	피포엘
본문 디자인	이은정
마케팅	심찬식·고운성·한광재
제작·관리	윤국중·이수민·한누리
인쇄·제본	한영문화사

ISBN   979-11-91438-51-2 (03810)

책값은 뒤표지에 있습니다.

어느 트랜스젠더 이야기

다채롬 지음

다채로운 일상

돌베개

차례

prologue
색의 이름

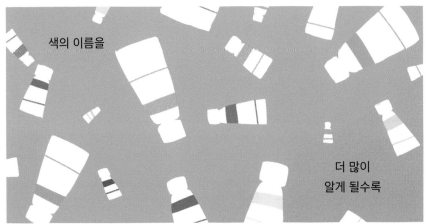

색의 이름을

더 많이
알게 될수록

우리가 인지하는 색은
다양해진다.

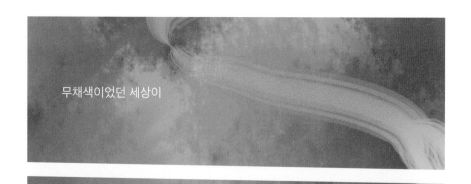

무채색이었던 세상이

다채로운 세상으로

바뀌어간다.

다채롭을 소개합니다

이 세상에는
아주 아주

다양한 사람들이
살아갑니다.

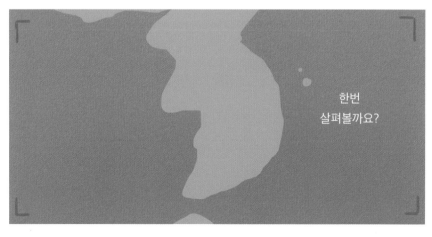

한번
살펴볼까요?

조금은 소심한 사람도 있고,

아주 활발한 사람도 있습니다.

키가 작은 사람이
있는가 하면,

키가 큰 사람도 있지요.

하지만 그런 요소 하나하나가

소심하지만은
않답니다!

그 사람을 전부
말해주지는 않습니다.

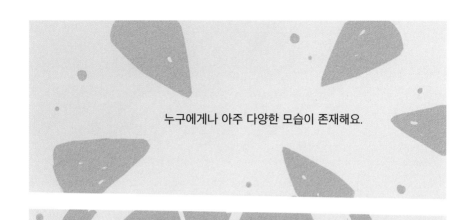

누구에게나 아주 다양한 모습이 존재해요.

그것이 하나하나 모여서

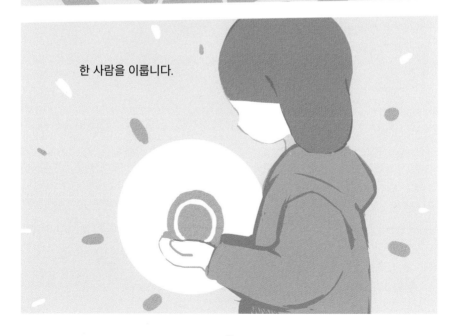

한 사람을 이룹니다.

저 또한 그렇답니다.
전, '다채롬'이라고 해요.

빨간색
후드 티셔츠를 좋아하는
강아지 캐릭터랍니다.

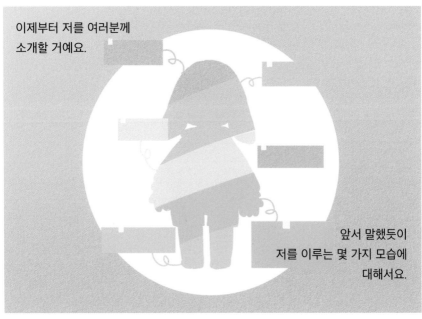

이제부터 저를 여러분께
소개할 거예요.

앞서 말했듯이
저를 이루는 몇 가지 모습에
대해서요.

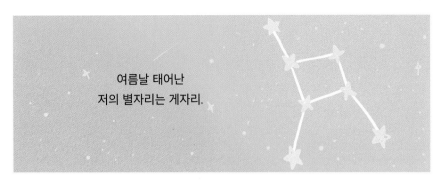

여름날 태어난
저의 별자리는 게자리.

왜인지 키는 조금 작고,

재밌는 책을 읽는 것과

그림 그리는 것을
좋아합니다.

수면 부족은 만병의 근원!
자는 걸 정말
좋아하고요.

잔잔한 피아노 곡을
즐겨 듣는답니다.

굉장한 몸치라
운동은 싫어하지만

체력이 너무 약해서
조금씩이라도 몸을 움직이려고
노력 중이고…

제일 좋아하는 계절은
겨울.

시릴 정도로 차가운
겨울 공기와,
눈 내리는 하늘을
정말로 좋아합니다.

아주
평범하다고요?

어때요?

사실 저도
그렇게 생각해요.

하지만 이 평범한 것들은
제가 아주 좋아하는
저의 모습들이에요.

그리고 실은,
아직 말하지 않은 비밀이
하나 더 있답니다.

그게 뭔지 궁금하다면,

조금만 더 읽어주실래요?

처음 느낀
다름의 순간

어릴 적 나는
어린이집에 다녔다.

아마도
그때쯤 나는,

내가 남들과 조금 다르다는 걸 알게 되었던 것 같다.

남자 친구들은
이쪽이에요~

여자 친구들은
이리 오세요~

채롬이는
이쪽이에요.

내가 느낀 것.

그것은 어딘가

네…

삐걱이는 듯,
들어맞지 않는 듯한
느낌이었다.

아무것도 몰랐던 어릴 적의 나는

'누구나 이런 거겠지,
곧 괜찮아지겠지.'

그렇게 생각했지만…

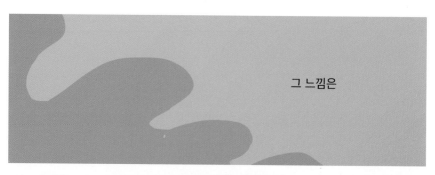

그 느낌은

시간이   지날수록

점점 커져만 갔다.

어린이집 예배 시간에 들었던
목사님의 말씀을 기억한다.

…하나님은

모든 것을

의미를 담아
만드셨단다.

여러분도 다 각기
어떤 의미를
갖고 있는 거예요.

기도합시다.

정말 그런 거라면,
하나님,

이 이상한 느낌에도

어떤 의미가 있는 건가요?

내가 그 '이질감'의 정체를
알게 되는 것은

그로부터
몇 년이나 지나고 난 후였다.

투명인간

세상에는 분명히
존재하지만

잘 보이지 않는
사람들이 있다.

좀 더 구체적으로 말하자면,
많은 사람들이
'보지 않기를' 원하는
사람들이다.

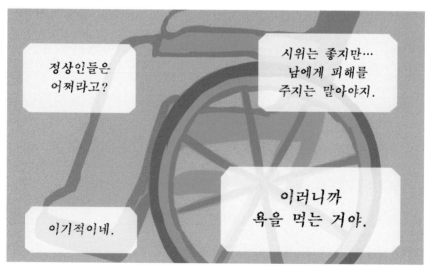

으아앙!

으... 맘충.

이러니까
노키즈존*이 생기지.

* 영유아와 어린이, 그리고 그들을 동반한 고객
의 출입을 금지하는 곳. No Kids Zone.

저렇게 어린애를
밖에 데리고 나오면
어떡해?

집에
틀어박혀서

애나 볼 것이지.

23

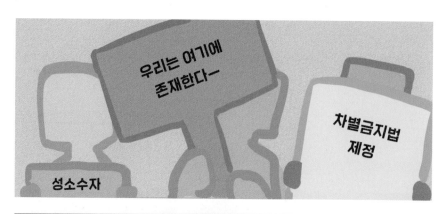

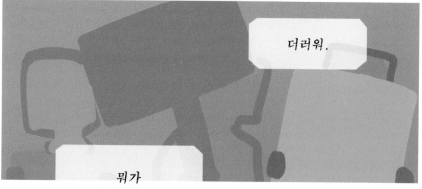

많은 사람들이
별생각 없이 내뱉는 말들…

그 말에는 힘이 담겨 있다.

대중교통은
타지 말아야지…

실제로
존재하는 사람들을

오늘은
나가지 말자.

지워버릴 수 있는 힘이다.

누구에게도
말하지 않을 거야.

어린아이와
그 양육자를 혐오하고

NO KIDS

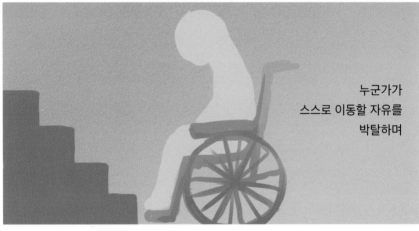

누군가가
스스로 이동할 자유를
박탈하며

서로의 다름을 　　　　　　　　　　이해하지 못하는

다수가 아닌 쪽은 지워지는 세상…

과학에서 투명인간은
불가능하다고 말하던데

어쩐지 이 세상에서는 불가능한 것도 아닌 것 같다.

27

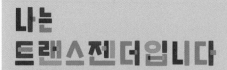

나는
트랜스젠더입니다

나를 이루는
여러 가지 모습을 이야기했지만,

아직 말하지 않았던 한 가지.

그건 바로 내가
'트랜스여성'이라는 것이다.

트랜스젠더라고 하면,

네가
트랜스젠더라고?

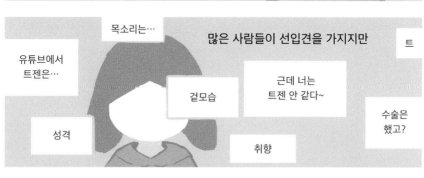

목소리는…

유튜브에서
트젠은…

많은 사람들이 선입견을 가지지만

트

겉모습

근데 너는
트젠 안 같다~

수술은
했고?

성격

취향

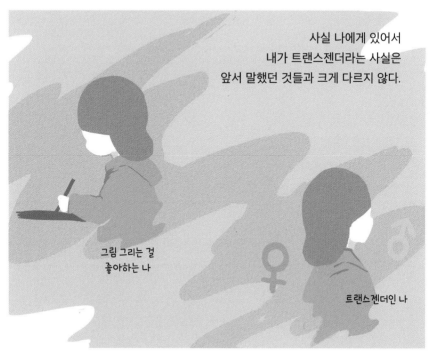

사실 나에게 있어서
내가 트랜스젠더라는 사실은
앞서 말했던 것들과 크게 다르지 않다.

그림 그리는 걸
좋아하는 나

트랜스젠더인 나

29

모두 나를 이루는
한 가지 모습일 뿐이다.

앞으로 내가 할
이야기 중에는

누구하고나 다를 것 없는
가벼운 것도 있고,

무거운 것도 있다.

loot

이 이야기를 어떻게 받아들일지는
보는 여러분에게 달려 있지만

나는 '우리'가
그렇게 멀리 있는 존재가 아님을
알리고 싶다.

트랜스젠더는

내 옆의
직장 동료일 수도

친구일 수도

가족일 수도

어쩌면,

나 자신일 수도 있다.

이 이야기가
그 낯섦을 조금이나마
줄여주어서

우리가 서로
이해할 수 있는 첫걸음이
되었으면 좋겠다.

그리움

누구나 마음속에
하나쯤은

그리워하는 대상이
있을 것 같다.

그건 어쩌면
연락이 끊긴 친구일 수도

이따금씩 떠오르는
옛 연인일 수도

무지개다리를 건넌
작은 가족일 수도 있다.

나는…

내 **사촌 동생**이 떠오른다.

그 애는 나와
나이 차이가 좀 났지만

어릴 적에는 자주 함께 놀며
친하게 지냈다.

Hi~

과거형인 이유는…
그 애와 못 만난 지 몇 년은
되었기 때문이다.

그 아이에게
별일이 있었던 건
아니다.

있었다면,
내 쪽.

나는 스무 살이 되고
호르몬 치료*를
시작하던 무렵

주변 사람들과 발걸음을
완전히 끊어버린 적이 있다.

* 의료적 트랜지션 과정 중 하나.
(트랜지션 과정 ② 340쪽 참고)

많은 트랜스젠더가
트랜지션을 진행하고, 커밍아웃을 할 때

그 과정에서
주변 사람들에게 정체성을 부정당하거나,
관계 단절을 경험하곤 한다.

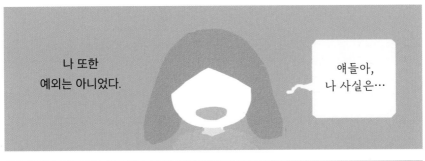

나 또한
예외는 아니었다.

얘들아,
나 사실은…

커밍아웃을 하자,

· · · · · ·

가깝게 지내던 친구들과
곧 연락이 끊겼고,

내가 친하게 지내던 무리에서
아웃팅*당했으며,

그거 알아?
다채롬 있잖아, 사실…

내 비밀이
공공연하게 떠돌았다.

* 성소수자의 성적 지향, 혹은 성별정체성을 본인의 동의 없이 밝히는 행위.

내가 믿었던 사람들에게 당한 일들은

당시에 어렸던 나에겐
그 어떤 일보다 괴롭게 다가왔다.

그때의 나는 마치
감정의 구렁텅이에 빠진 것처럼…

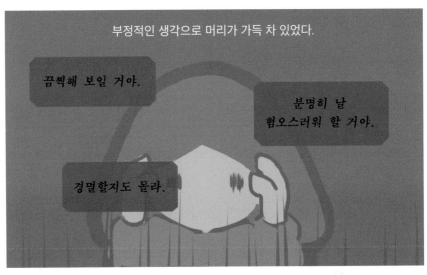

부정적인 생각으로 머리가 가득 차 있었다.

가까운 사람에게
거절당하는 공포를 더는
느끼고 싶지 않았다.

무섭고 견딜 수가 없어서
나는 모든 관계에서 도망쳤다.

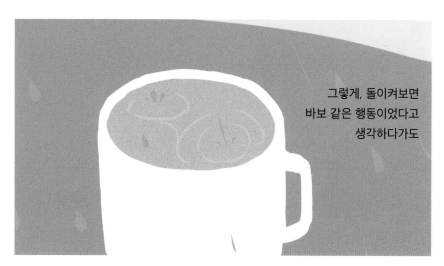

그렇게, 돌이켜보면
바보 같은 행동이었다고
생각하다가도

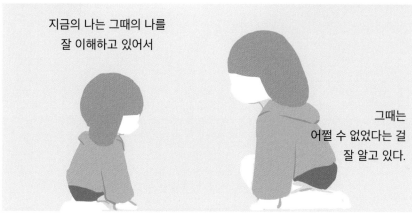

지금의 나는 그때의 나를
잘 이해하고 있어서

그때는
어쩔 수 없었다는 걸
잘 알고 있다.

내가 몇 년이 지난 일들도 쉽사리 떨쳐내지 못하는
겁쟁이라는 것도 물론, 알고 있다.

내가 그때
어떻게 행동하는 게
정답이었는지,

정답이 있기는 했는지,
잘 모르겠다. 앞으로도 모를 테고…

살아가면서
어떤 선택을
하더라도

언제 보러 올 거야?

후회가 생겨버리는 건
어쩌면 너무 당연한 일일지도
모른다.

그렇다면 더 늦기 전에, 지금의 내가 할 수 있는 일은 해보자고
그렇게 다짐해본다.

곧 갈게.

옛날이야기 1

트랜스젠디로
살다 보면,

왜 트랜스젠더가 되셨나요?

이런 질문을 많이 받는다.

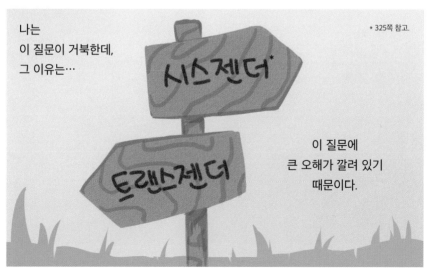

나는
이 질문이 거북한데,
그 이유는…

* 325쪽 참고.

시스젠더*

트랜스젠더

이 질문에
큰 오해가 깔려 있기
때문이다.

시스젠더들이

시스젠더임을
별달리 선택한 것이 아니듯

사실 트랜스젠더인 사람들 또한
어떠한 선택을 해서
트랜스젠더로 살아가는 것이
아니다.

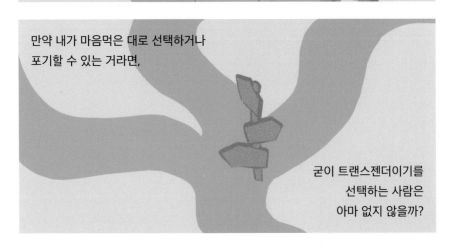

만약 내가 마음먹은 대로 선택하거나
포기할 수 있는 거라면,

굳이 트랜스젠더이기를
선택하는 사람은
아마 없지 않을까?

많은 트랜스젠더는 성장하며 자신이 남들과 다르다는 것을 자각한다.
그 시작은 많은 이들이 추측하는 것처럼
'다른 무엇이 되고 싶다'는 감정이 아니라,

자기 자신에게서 느껴지는 강렬한 '불일치감'이다.

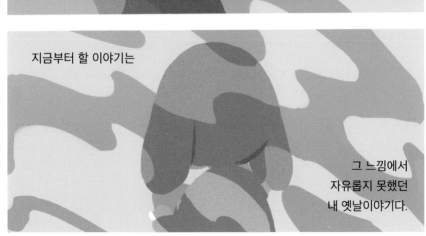

지금부터 할 이야기는

그 느낌에서
자유롭지 못했던
내 옛날이야기다.

어릴 적 내가 느꼈던 것은,
그리 크지는 않았지만

어쩐지 기분 나쁜,

위화감이었다.

나와, 나를 둘러싼 많은 것에게서
느껴지는 이질감.

달리 말로 표현하기 어려운
그 감정은,

어린 시절부터
나를 따라다녔다.

언제든

어디서든

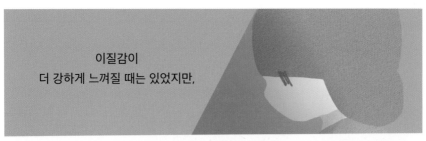

이질감이
더 강하게 느껴질 때는 있었지만,

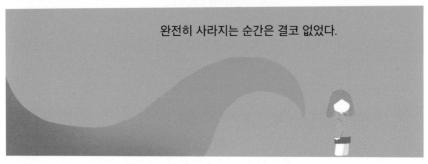

완전히 사라지는 순간은 결코 없었다.

어릴 적 서툰 언어로
내가 느끼는 것을 타인에게
이야기한 적도 있지만

당연히
아무도 그 느낌을
이해하지 못했고…

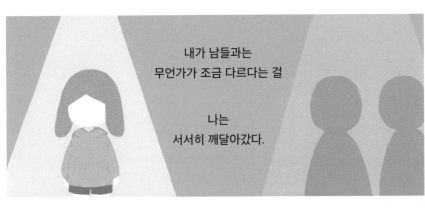

내가 남들과는
무언가가 조금 다르다는 걸

나는
서서히 깨달아갔다.

이런 내가 싫었다.

당시에 엄마를 따라
교회에 다니던 나는,

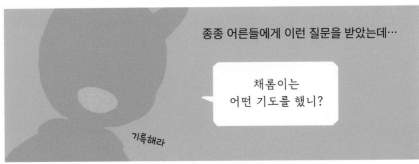

종종 어른들에게 이런 질문을 받았는데…

채롬이는
어떤 기도를 했니?

기특해라

나는 그럴 때마다

적당한 말로 얼버무리곤 했다.

이것저것
이요!

누구에게도 말하지 못한 내 기도 주제는, 사실 언제나 한결같았다.

제가 어딘가
이상해요.

제발 저를
고쳐주세요.

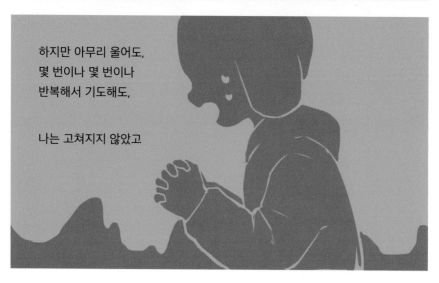

하지만 아무리 울어도,
몇 번이나 몇 번이나
반복해서 기도해도,

나는 고쳐지지 않았고

점점 강해지는
위화감 속에서

물에 잠긴 듯
답답한 마음을
어디에도 풀어내지
못한 채로,

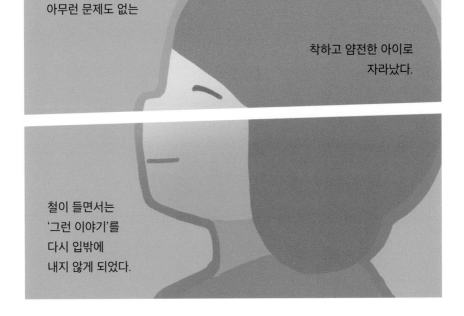

나는,
겉으로 보기엔
아무런 문제도 없는

착하고 얌전한 아이로
자라났다.

철이 들면서는
'그런 이야기'를
다시 입밖에
내지 않게 되었다.

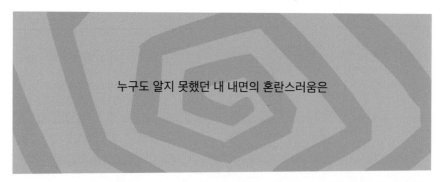

누구도 알지 못했던 내 내면의 혼란스러움은

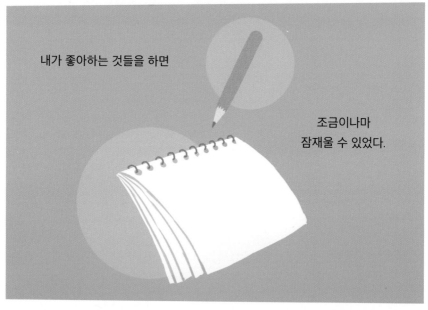

내가 좋아하는 것들을 하면

조금이나마
잠재울 수 있었다.

그림을 그리는 건 즐거워서
그 순간만큼은 다른 것들을 잊을 수 있었다.

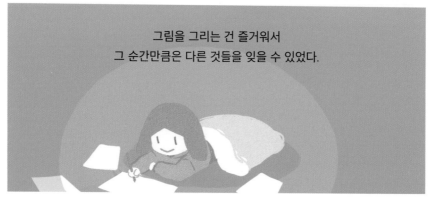

놀랄 만큼
자유로웠고,

'괜찮다'고 느꼈다.

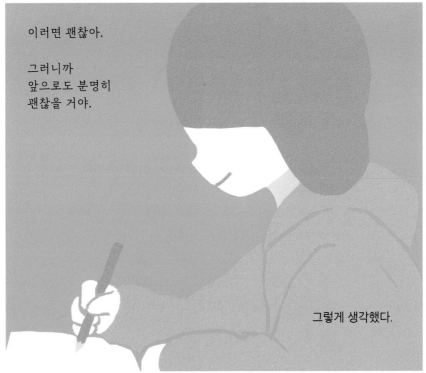

이러면 괜찮아.

그러니까
앞으로도 분명히
괜찮을 거야.

그렇게 생각했다.

옛날이야기 2

그 시기는
내게 있어서

가장 지우고 싶기도 하고,

되돌아가고 싶기도 하고,

가장…

후회하기도 하는
때다.

어릴 적에 난
내 목소리를 좋아했다.

사실 지금 와서는
옛날 목소리가 어땠는지
기억도 잘 나지 않지만…

찬송가를 부르는
내 목소리를 좋아했던
사실만큼은 기억에
남아 있다.

그리고
그건,

아-

아-

아

어느 날 갑자기
찾아왔다.

목이 아파

??

켁..

목소리가
이상해…

나는 아마

...어?

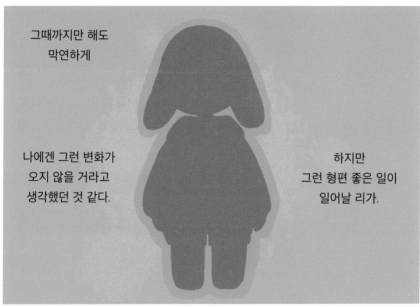

그때까지만 해도
막연하게

나에겐 그런 변화가
오지 않을 거라고
생각했던 것 같다.

하지만
그런 형편 좋은 일이
일어날 리가.

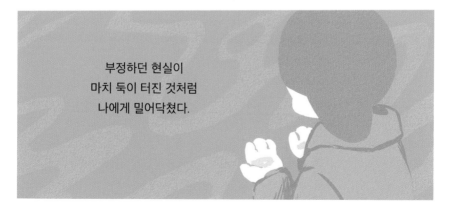

부정하던 현실이
마치 둑이 터진 것처럼
나에게 밀어닥쳤다.

그럼 이제 다시
안 돌아오는 거야?

평생 이대로?

누구나 겪는
당연한 변화라고 했다.

분명 그럴 텐데⋯

채롬이
■■ 다 됐네!

구역질이 났다.

변해버린 몸이

앞으로도 계속
변할 거라는 사실이

왜인지
나에게는 그것이

너무나도, 너무나도 끔찍하게 느껴졌다.

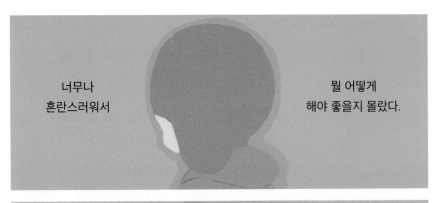

너무나
혼란스러워서

뭘 어떻게
해야 좋을지 몰랐다.

아무도 없는 곳에 찾아가서
일부러 더 크고 높은 목소리로 소리를 지르기도 했고,

목을 꽉 잡고
목울대가 있는 자리를 누른 채로
지내기도 했다.

마치 그러면

숨막혀…

변하는 몸을
멈출 수 있을 것처럼.

하지만 그럼에도
내 바람과는 다르게

내 몸은
하루가 다르게
변해갔고

내가 알던 내가

점점 사라져만 갔다.

그리고 그 즈음부터 내 행동 또한 많이 변했다.

나는 거울을
보지 못하게 되었다.

변해가는 나를
직시할 자신이 없었다.

거울에 비치는
스스로가

마치 끔찍한
괴물처럼 느껴졌다.

목소리도 내지 않게 되었다.

다채롬?

다채롬 없나?

출석부

있어요.

대답을 해.

내게서 나오는 목소리가 너무 싫었다.
내 목소리를 듣고 싶지 않았다.

좋아하던
그림도

더는 그리지 않게 되었다.

나는 그즈음 중학교에 들어갔지만
학교에 잘 적응하지 못했다.

교복을 입는 것은

윽…

마치 위화감이라는 불에 기름을 붓는 것 같았고

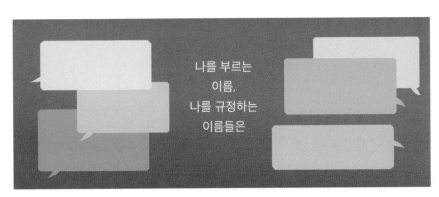

나를 부르는
이름,
나를 규정하는
이름들은

온 세상이 내 존재 자체를
부정하는 것처럼 느끼게 만들었다.

모두 평범하게 살아가는데
나만 이상한 세상에 똑 떨어진 것처럼.

아니,

이상한 쪽은 내 쪽이지.

하하

이곳에서 사라지고 싶었다.

혹시 이게 다
꿈이 아닐까?

잠에서 깨면 다 원래대로
돌아가지 않을까?

악몽이야!

항상 그런 생각을 하며
잠들었다.

아직까지 꿈에서 깨어난 적은
단 한 번도 없지만.

옛날이야기 3

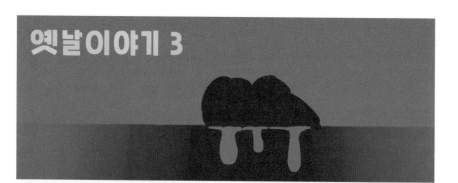

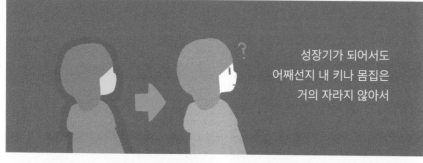

성장기가 되어서도
어째선지 내 키나 몸집은
거의 자라지 않아서

남들에 비해
훨씬 작은 편이었고,
항상 줄의 맨 앞에
서고는 했다.

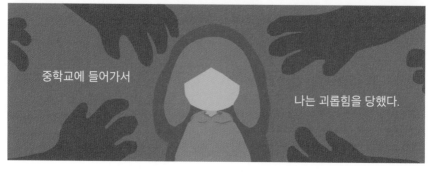

중학교에 들어가서

나는 괴롭힘을 당했다.

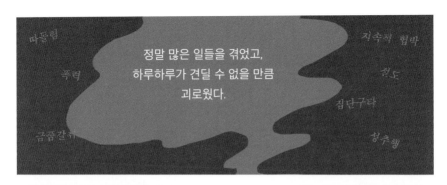

정말 많은 일들을 겪었고,
하루하루가 견딜 수 없을 만큼
괴로웠다.

내 문제로도 벅차
좀처럼 다른 사람들과
어울리지 못한 게
원인이었을까?

남들과 다른 점이
은연중에 드러난 걸까?

혹은 키가 작아서?
소심해서?

아무런 말도
하지 않아서?

신발…
새로 사야겠네.

전부 다 해당될 수도 있고
오히려 분명한 이유는
없을 수도 있겠지.

하지만 그 이유나 피해 사실보다도
내게 더 괴롭게 다가오는 것은,

이런 일이 있었다고 고백할 때,
아직도 내가 부끄럽다는 점이다.

그건 절대로
네 잘못이
아니야.

체육 시간에
남들 앞에서 옷을 갈아입는 게
너무 괴로웠다.

체육복을 갈아입지 못해서
나는 항상 혼나고는 했다.

남들은
아무렇지도 않은데…

그깟 옷 좀
갈아입는 게
뭐라고?

그렇게 아무리 스스로를 다독여도…

그저 내 몸이 싫었고,
그걸 타인에게 보이는 건
정말로,
죽기보다 싫었다.

나는 화장실에 가는 것도
꺼리게 되었다.

학교 밖에서의 생활은…

아빠는 준비하던 일이
실패한 이후로

매일같이 술과 담배만 즐기는
하루를 보냈고,

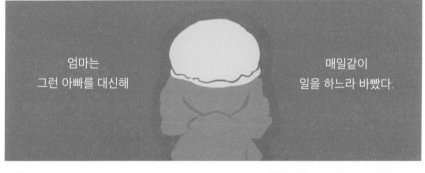

엄마는
그런 아빠를 대신해

매일같이
일을 하느라 바빴다.

그리고 이따금씩,

짱그랑

아빠와 엄마는 큰소리로 싸웠고,

나와 아이들은
다른 방에서
조용히 숨을 죽이고 있었다.

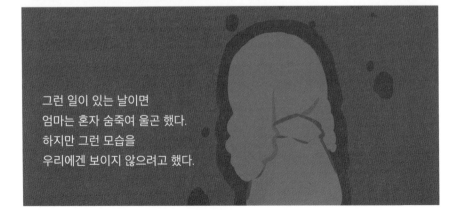

그런 일이 있는 날이면
엄마는 혼자 숨죽여 울곤 했다.
하지만 그런 모습을
우리에겐 보이지 않으려고 했다.

그렇게 폭력에 노출된
어린 시절을 보냈다.

집에서도, 교회에서도,

그 어디에서도

안전하다고
느끼지 못했다.

나는 아주 잘하고 있어.
착하게 굴자. 그럼 금방 끝나니까.

남들 눈에 띄지 마.
무슨 일을 당해도 내색하지 마.

불편한 감정을 드러내면
더 괴로워진다.

표정 왜 그래?

웃어.

어디로도 도망칠 수 없었고
모든 게 끝나지 않을 것만 같았던 그때.

나는
책을 읽기
시작했다.

처음에는 그저
내가 책을 읽고 있을 때는
사람들이 잘 다가오지
않았기 때문에 읽었다.

이내 그 고립감은 내게
유일한 도피처가 되어주었고

그런 불안한 울타리에 의지한 채로
이 모든 일들이 어서 지나가게 해달라고,

나는 갈 곳을 잃은 기도만을 끊임없이 반복했다.

옛날이야기 4

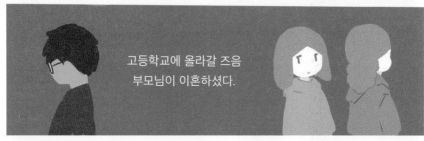

고등학교에 올라갈 즈음
부모님이 이혼하셨다.

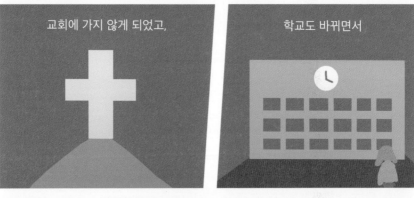

교회에 가지 않게 되었고,

학교도 바뀌면서

물리적인 폭력도 사라졌다.

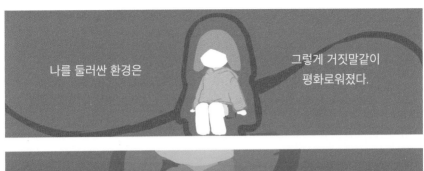

나를 둘러싼 환경은

그렇게 거짓말같이 평화로워졌다.

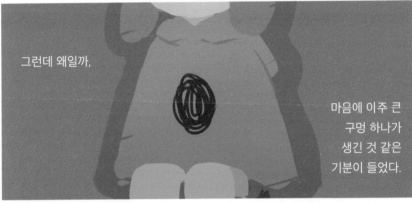

그런데 왜일까,

마음에 이주 큰 구멍 하나가 생긴 것 같은 기분이 들었다.

지난 몇 년간 내가 겪은 일들로 인한 영향은

내게서 쉽게 사라지지 않았고

더욱 커지기만 하는 내면의 혼란과 뒤섞여서

어떻게 해야 할지 모를 괴로운 감정이 되어 나를 짓눌렀다.

그 감정을 애써 무시한 채
나는 생각했다.

나는 이제 안전해.

내가 힘들었던 건
전부

내가 '이상하게' 생각하고
행동해서 그래.

그래서 사람들이랑
잘 어울리지 못해서 그래.

그러니까, 내가

나만 변하면

모든 게 나아지리라고
믿었다.

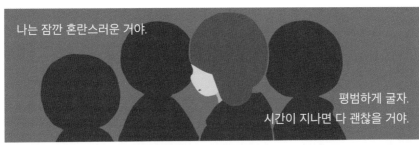

나는 잠깐 혼란스러운 거야.

평범하게 굴자.
시간이 지나면 다 괜찮을 거야.

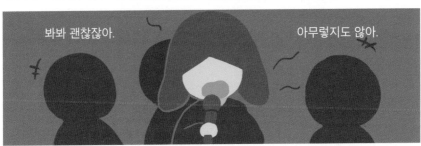

봐봐 괜찮잖아.

아무렇지도 않아.

괜찮을 거야.

괜찮아질 거야.

다 괜찮아…

반짝

…야…

!

…하는데…?

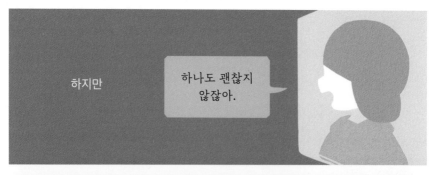

하지만

하나도 괜찮지
않잖아.

아무리 노력해도 나는

전혀 달라지지 않았다.

여전히 내 몸이

나를 부르는 많은 이름이

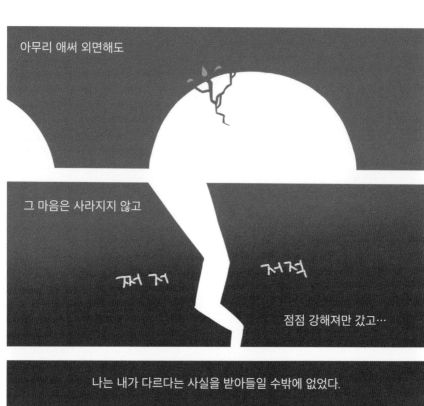

아무리 애써 외면해도

그 마음은 사라지지 않고

쩌 저   저적

점점 강해져만 갔고…

나는 내가 다르다는 사실을 받아들일 수밖에 없었다.

너무나도 불안했다.

하지만
그럼 난 어떻게 해야 해?

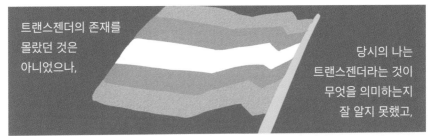

트랜스젠더의 존재를 몰랐던 것은 아니었으나,

당시의 나는 트랜스젠더라는 것이 무엇을 의미하는지 잘 알지 못했고,

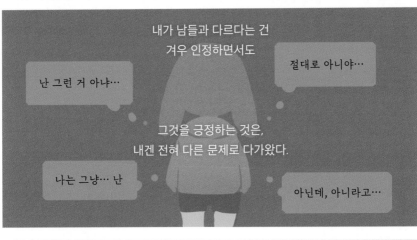

미디어에서 그려지는 이미지를 생각하며 막연한 혐오감만을 가지고 있었다.

내가 남들과 다르다는 건 겨우 인정하면서도

그것을 긍정하는 것은, 내겐 전혀 다른 문제로 다가왔다.

무서웠다.

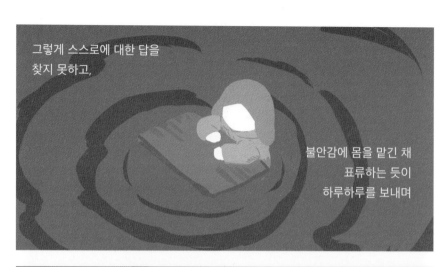

그렇게 스스로에 대한 답을
찾지 못하고,

불안감에 몸을 맡긴 채
표류하는 듯이
하루하루를 보내며

나는 호기심 반,
그리고 역설적이게도

내가 트랜스젠더임을
부정하기 위한 마음 반으로

트랜스젠더에 관해
자세히 알아가기
시작했다.

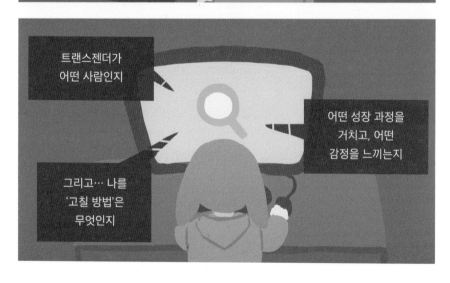

트랜스젠더가
어떤 사람인지

어떤 성장 과정을
거치고, 어떤
감정을 느끼는지

그리고··· 나를
'고칠 방법'은
무엇인지

트랜스젠더임을 부정하기 위해
시작했던 일인데…

나는
너희랑 달라.

흥,
이상한 사람들…

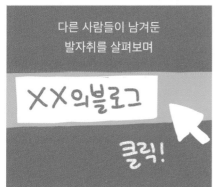

다른 사람들이 남겨둔
발자취를 살펴보며

XX의블로그

클릭!

뭐야…
평범하게 사는
사람들도 있네…?

어린시절
이야기?

클릭 클릭

음…

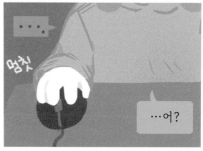

· · ·

멈칫

…어?

나는 오히려

· · ·

나도…
이랬었는데…

저는 어린 시절이
너무 힘들었어요.

이대론 도저히
살지 못할 것 같았죠.

아무도 말해주지 않았고,

이건 내가 아니라고
생각했어요.

그래서 스스로도
이해하지 못했던,

근데 그건
나 말고는 모르잖아요?
내 괴로움은 나밖에 모르니까,
그래서 정말 많이 헤맸어요.

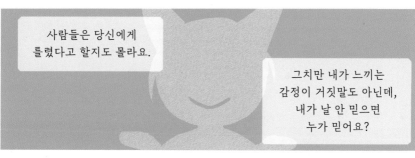

사람들은 당신에게
틀렸다고 할지도 몰라요.

그치만 내가 느끼는
감정이 거짓말도 아닌데,
내가 날 안 믿으면
누가 믿어요?

내 삶의 많은 공백들이

하나둘 채워지기 시작했고…

처음으로

내 존재를 긍정받은 기쁨

내가 혼자가
아니라는 사실과,

그리고 트랜지션이라는
치료가 가능하다는 희망은

그저 괴롭고 혼란스럽게만
흘러가던 내 삶에
방향을 되찾아주었다.

이후 나는
수술비를 모으기 위해
고등학교를 졸업하고
바로 일을 시작했고,

스무 살 생일이
지나고 나서는
바로 진단서를 떼고
호르몬 치료를 시작했다.

망설임은
전혀 없었다.

그동안 그렇게나
고민했던 게
우스울 만큼.

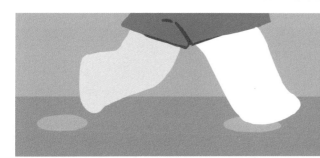

그래도,
물론 무서운 마음이
없었느냐고
물으면…

뚝딱 뚝딱

그건 아니라곤 못하겠지.

트랜스젠더로서
살아가는 삶은,
당연히 즐거움만 가득한
삶은 아니었고

내 생각보다
괴로운 일들도
잔뜩 있었다.

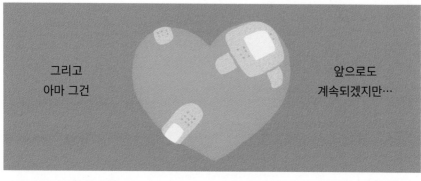

그리고
아마 그건

앞으로도
계속되겠지만…

그럼에도 내가
그 모든 행동에 대해
일말의 후회도
가지지 않는 이유는,

그 어떤 고통도
내가 나로 있지
못하는 고통보다는
크지 않기 때문이다.

많은 사람들이 트랜스젠더에게 말한다.

언제, 왜
트랜스젠더가 되었어요?

그렇게 힘들면
그냥 살면 되잖아?

나는 이 질문들이 괴롭다.
그 말에 전제되어 있는
그 오해가 괴롭디.

사람들은 내가

오늘부터
트랜스젠더!?

트랜스젠더임을
선택했다고 생각하지만…

오히려 나는 누구보다 바랐다.

내가 대다수의 사람들처럼
있을 수 있기를.

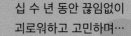

십 수 년 동안 끊임없이
괴로워하고 고민하며…

한때는 스스로를
부정하기도 해보고,

타이르기도 해보았지만

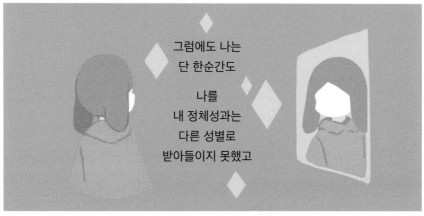

그럼에도 나는
단 한순간도

나를
내 정체성과는
다른 성별로
받아들이지 못했고

그 끝에는

내가 트랜스젠더임을
인정하는 것 외에

다른 길이 없었다.

그것에
선택의 여지가 있다고
할 수 있을까

당연히 내가 겪지 않은 것을 이해하는 건
어려운 일이다.

아무도 나를
온전히
이해하지 못해.

그럴 수 있으면
그게
남이겠니…

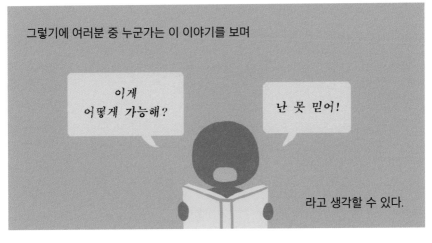

그렇기에 여러분 중 누군가는 이 이야기를 보며

이게
어떻게 가능해?

난 못 믿어!

라고 생각할 수 있다.

나 또한 스스로에 대한 위화감을 느껴본 적 없이
살아가는 사람들의 삶을 이해할 수는 없겠지.

그럼에도,
만약 나의 이해와
누군가의 실존이
충돌한다면…

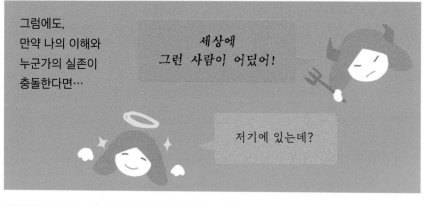

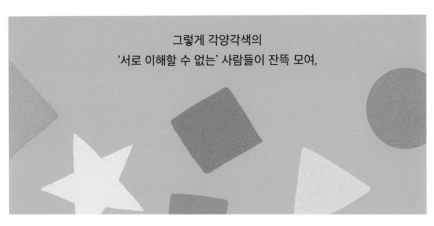

그렇게 각양각색의
'서로 이해할 수 없는' 사람들이 잔뜩 모여,

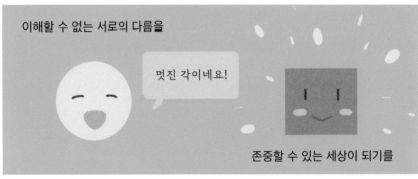

이해할 수 없는 서로의 다름을

멋진 각이네요!

존중할 수 있는 세상이 되기를

나는 간절히 바란다.

사진관에서
있었던 일

나는 2년 정도 사진을 찍는 일을
한 적이 있다.

우연히 시작하게 된 일이었지만
생각보다 나에게
잘 맞았고

예쁘게 찍힌 사진을
손님들이 좋아해주면

감사합니다!

나까지 덩달아
기쁘고는 했다.

뿌듯

잘나왔어!

대박!

이렇게 새로운 것을 배우고,
여러 사람들과 만나는 건

내게 좋은 경험이 되었고,
즐거운 기억으로 남았지만…

안타깝게도
이때의 기억을
떠올릴 때면

괴로운 기억 또한
같이 떠오르곤 한다.

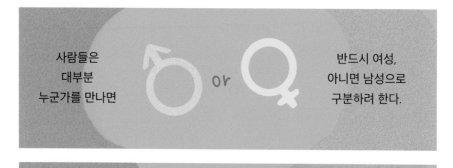

사람들은
대부분
누군가를 만나면

or

반드시 여성,
아니면 남성으로
구분하려 한다.

그런데 만약 상대방이 성별을 구분하기 힘들게
애매한 겉모습을 한 사람이라면,

그 사람의 성별을 알려줄
분명한 특징을 찾아내기 위해 기를 쓰곤 한다.

때로는 은밀하게,

힐끗

남잔가?
여잔가?

때로는 노골적으로.

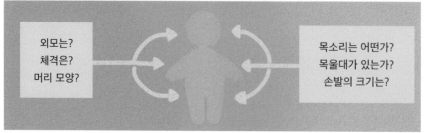

외모는?
체격은?
머리 모양?

목소리는 어떤가?
목울대가 있는가?
손발의 크기는?

당시는 호르몬 치료를 막 시작하던 무렵이었기에…

아무래도 내 모습은

왔다…

중간 지점 어딘기에
걸쳐 있었던 모양이다.

그런 내 모습 때문에 사진을 찍으러 온 손님들은
많이 혼란스러워했고…

저기…

종종 여성으로 '패싱'*되기도 했다.

아…

언니!

* 326쪽 참고.

물론 일하던 곳에서 커밍아웃은
하지 않았고 할 생각도 없었기에
같이 일하는 동료들은
나를 그냥 좀 특이한,
여자 같은 남자애로
생각했고

여러 가지 일을
겪고 난 뒤라
커밍아웃은 최대한
자제하게 되었거든요.

그 때문에 그들은
내가 저런 말을 들을 때면
나를 부르는 호칭을
'친절히' 정정해주고는 했다.

언니가 아니라
오빠예요.

그 말을 들으면 사람들은 나를 빤히 쳐다보고…

…네?

빤-

나는 당황하고

어… 저기…

동료들은 재밌다는 듯이 하하 웃고는 했다.

그 상황이
나에겐…

하하

너무나 괴로웠다.

그런 일은 자주 있었다.

언젠가는 내 성별을 헷갈린 할아버지에게

어… 그게…

그런데
…

사진
찍어주신 분은
여자분이신가?

그렇게
살면

안 돼!

호통을 듣기도 했고…

세상 말세야

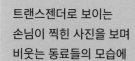
트랜스젠더로 보이는
손님이 찍힌 사진을 보며
비웃는 동료들의 모습에

도저히 같이 웃을 수 없어
자리를 뜬 적도 있다.

사람들은 곧잘 트랜스젠더의 특징을
조롱하며 웃는데

완전 트랜스젠더 같다

내 주변에 있는 사람이 트랜스젠더일 수 있다는 가능성은

왜 전혀 생각하지 못하는 걸까.

그런 일이 있는 날이면…
나는 항상 강변의 공원을
찾곤 했다.

이어폰을 끼고,

좋아하는 노래를 크게 틀고,

가만히 앉아 흐르는 강물을
하염없이 바라보았다.

이 괴로운 마음이
조금쯤은

강을 따라
흘러가버리길 바라면서.

없는 번호

산책중

앗, 벚꽃이 벌써

살아가다 보면,
가끔씩…

그러고 보니…

갑자기 누군가가 생각날 때가 있다.

수술하고 이제 일한다고 하셨지…

저번에 보고 못 봤는데 잘 지내실까?

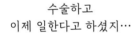

꾸욱

그런 생각이 들 때면 종종 아무 용건도 없이 전화를 걸고는 한다.

번호를 바꾸셨나…?

다른 연락처가…

사용자 없음

아…

그게 아니구나. 이건…

자주 연락을 하고 만나서 놀기도 하며, 그렇게 잘 지내던 사람들이

하나둘 수술을 하고, 성별 정정을 하고, 사회에 녹아들게 되면 연락이 끊기는 일…

트랜스젠더 친구를 사귀며 종종 겪었던 일이다.

그런 일이 있을 때면 기분이 조금 울적해졌다.

내가 믿을 만한 사람이
아니었던 걸까.

내가 좀 더
잘할걸.

그래도 그 마음을 이해하지 못하는 것은 아니다. 왜냐면…

에잇
털어버려

사실 나도 그런 생각을
안 해본 게 아니니까.

인간관계
리셋 버튼

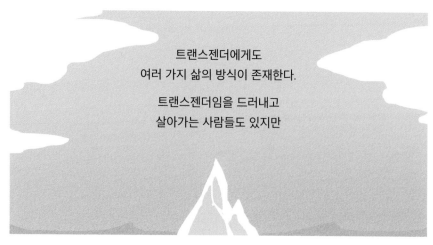

트랜스젠더에게도
여러 가지 삶의 방식이 존재한다.

트랜스젠더임을 드러내고
살아가는 사람들도 있지만

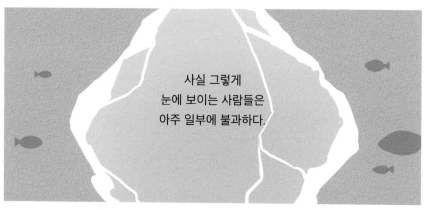

사실 그렇게
눈에 보이는 사람들은
아주 일부에 불과하다.

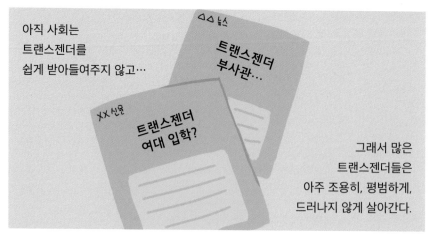

아직 사회는
트랜스젠더를
쉽게 받아들여주지 않고…

△△뉴스

트랜스젠더
부사관…

XX신문

트랜스젠더
여대 입학?

그래서 많은
트랜스젠더들은
아주 조용히, 평범하게,
드러나지 않게 살아간다.

그렇게 살아가는
트랜스젠더에게

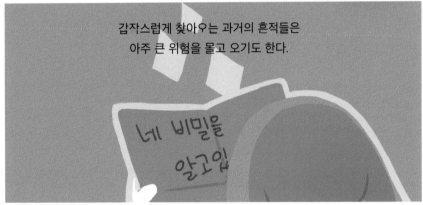

갑자스럽게 찾아오는 과거의 흔적들은
아주 큰 위험을 몰고 오기도 한다.

작은 바람결에도
순식간에
무너져내릴 수 있는,

모래성 같은 일상.

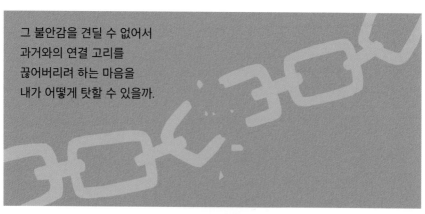

그 불안감을 견딜 수 없어서
과거와의 연결 고리를
끊어버리려 하는 마음을
내가 어떻게 탓할 수 있을까.

연락은
안 되더라도…

어디서
잘 살고 있겠지?
그거면 됐지, 뭐.

무소식이 희소식이라고…

연락처를 삭제
하시겠습니까

네   아니오

그저 바라건대,
언젠가는 우리가
그런 불안감을
느끼지 않아도 되는

꾸욱

네

그런 세상이 오기를.

그 사람 1

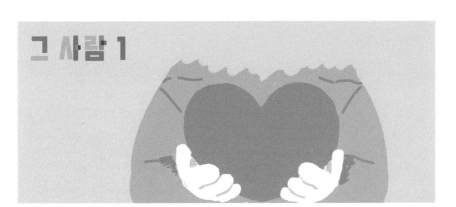

여러 가지 일들을 겪으며

바쁜 하루를 보내던
내 앞에…

으악!

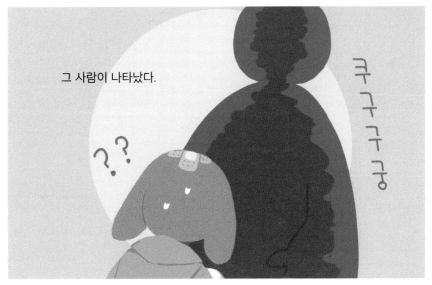

그 사람이 나타났다.

쿠구구궁

그 사람은

곰 같은
사람이었다.

덩치는 크지만

누구에게나
친절하고

약간은
소심한 면이 있던 사람.

그리고 당시 지쳐 있던 나에게

괜찮아?

몇 번이나 힘이
되어준 사람이었다.

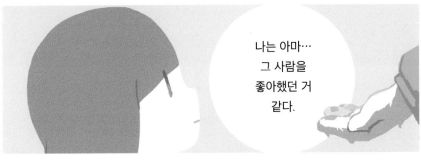

나는 아마…
그 사람을
좋아했던 거
같다.

하지만 누굴 좋아한다느니, 하는 건

내가 누굴
좋아해도 될까?
이런 상태로…

당시의 나에겐
너무나 먼 일로
느껴져서

그 마음은

내 맘속에
꽁꽁
감춰둔 채로

끼이
익

쾅

절대로
드러내지 말아야지.

• • •

그렇게 다짐했다.

됐어요.

머쓱

읏차

조금만 기다리면
다 지나가겠거니 생각했다.

그리고
얼마나 지났을까?

어느 날,

…네?

저기… 그러니까

제대로
만나보지 않을래?

나는 고백을 받았다.

저기… 그

생각할 시간을
주실래요.

처음 받아보는
고백은

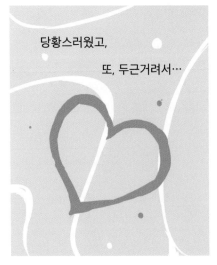

당황스러웠고,

또, 두근거려서…

애써 다짐한
내 마음을
흔들어놓기에
충분했다.

그렇지만
그렇게 여러 생각이
오갔음에도,

사실 결론은
처음부터 내려져 있었다.

좋은 추억으로   남겨두자.

그리고 더는
만나지 말아야지.

그날은,

눈이 펑펑 내렸던 기억이 난다.

여보세요?

그 사람 2

아무 말도 하지 말고 거절하자.
그렇게 다짐했는데,

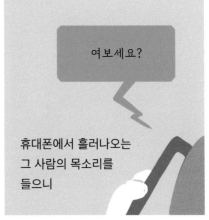

여보세요?

휴대폰에서 흘러나오는
그 사람의 목소리를
들으니

마지막이니까

한 번만 솔직해져도
괜찮지 않을까…

그런 바보 같은
욕심이

죄송해요.

저, 실은…

새어나왔다.

그다음에 무슨 말을 했는지는
사실 정확히 기억나지 않는다.

그저 횡설수설
꺼낸 말들

그리고 커밍아웃.

그 무엇보다 무서운
잠깐의 침묵과…
이어진 훨씬 긴 대화.

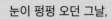

눈이 펑펑 오던 그날,

우산도 없이
눈 속을 걸으며

울고 웃었던 그날.

그날에 우리는

연인이 되었다.

그렇게 공유한
시간들은

간지럽고, 두근거리고,

처음 경험해보는 것들로
가득 차 있었다.

그 하나하나가
전부

너무 소중하고
보석 같은
순간이어서…

앞으로도 쭉 이대로였으면,
하고 바랐다.

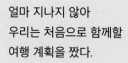

얼마 지나지 않아
우리는 처음으로 함께할
여행 계획을 짰다.

나로서는 몇 번
가보지 못한 여행.

너무나도 설렜고,
설렌 만큼 즐거웠다.
정말 정말 행복한
하루를 보냈다.

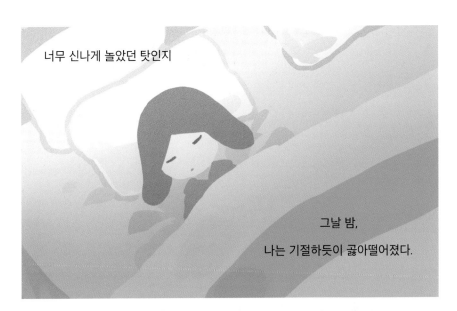

너무 신나게 놀았던 탓인지

그날 밤,

나는 기절하듯이 곯아떨어졌다.

즐거운 하루를 보내고
행복한 꿈을 꾸고 있던 나.

어리고 미숙했던
그때의 나.

나는 밤중에 불쾌한 느낌에
잠에서 깨어났다.

뭐야… 무거워.

답답함.
누군가의 기척.

기분 나쁜 숨소리.

누구…?

그 사람이었다.

아니, 조금 달랐다.

마치
다른 사람 같았다.

무서웠다.

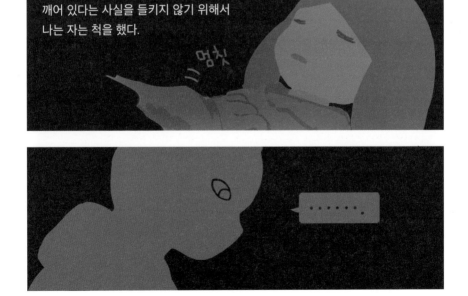

깨어 있다는 사실을 들키지 않기 위해서
나는 자는 척을 했다.

ㅔ 멈칫

. . . . . .

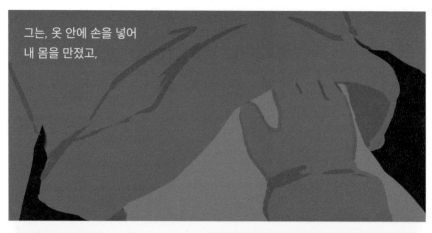

그는, 옷 안에 손을 넣어
내 몸을 만졌고,

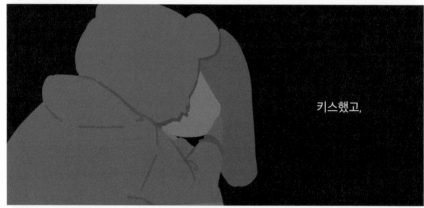

키스했고,

그리고…

딸칵

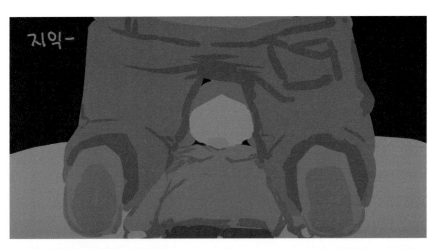

지익-

손가락으로 억지로
내 입을 벌리고,

뭔가를 넣었다.

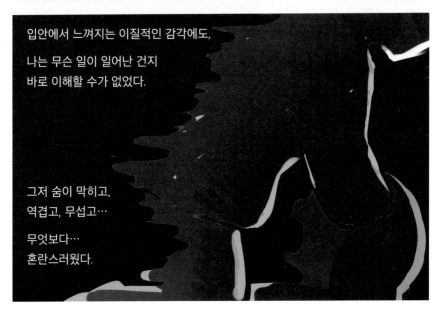

입안에서 느껴지는 이질적인 감각에도,

나는 무슨 일이 일어난 건지
바로 이해할 수가 없었다.

그저 숨이 막히고,
역겹고, 무섭고…

무엇보다…
혼란스러웠다.

내가 알던   그 사람의 상냥한 얼굴과

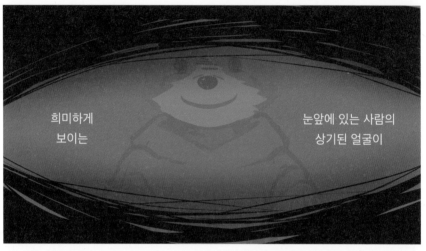

희미하게
보이는   눈앞에 있는 사람의
상기된 얼굴이

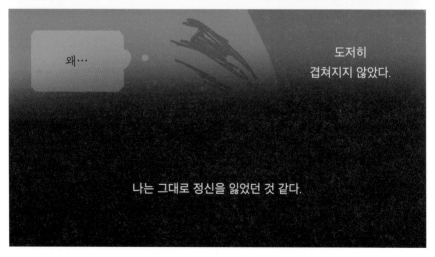

왜···   도저히
겹쳐지지 않았다.

나는 그대로 정신을 잃었던 것 같다.

다음 날 그 사람은

정말 아무 일도 없었다는 듯이
'잘 잤어?'라고 인사했다.

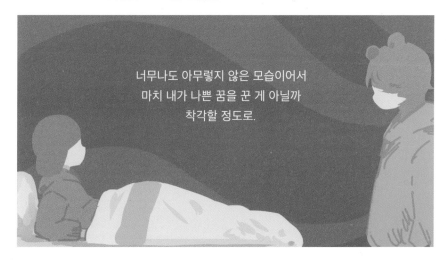

너무나도 아무렇지 않은 모습이어서
마치 내가 나쁜 꿈을 꾼 게 아닐까
착각할 정도로.

하지만 착각일 리 없는
감각들이

머릿속에서
되살아났다.

욱..

헉.

언제나처럼 다정하게 묻는
그 사람의 시선이,
목소리가,

왜 그래,
어디 아파?

마치 나를
탐색하는 것처럼 느껴졌다.

'어디 아픈가?
혹시 깨 있었나?'

어제까지만 해도
그렇게나 반가운
모습이었는데.

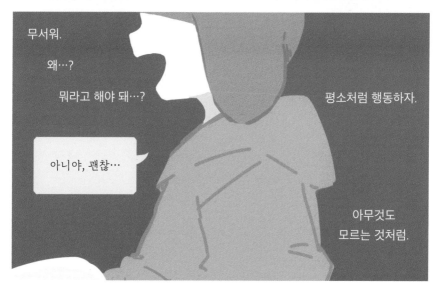

무서워.

왜…?

뭐라고 해야 돼…?

평소처럼 행동하자.

아니야, 괜찮…

아무것도
모르는 것처럼.

평소처럼…?

어라,

평소의 내가

어땠더라?

그렇게나 행복했던
어제의 내가

기억나지 않았다.

어제…

어제, 왜 그랬어…?

그 사람은,
얼굴이 새파래져서…

이내
굵은 눈물방울을
뚝, 뚝, 흘리더니

정말 미안하다고,
미안하다고,
끊임없이 말했다.

'왜 이 사람이 우는 걸까.' 하고 생각했지만…
입 밖으로 내지는 않았다.

나는 '그래.'라고
대답했다.

이후 그런 일은 다시 없었고,
그 사람은 내가 알던 '좋은 사람'으로 돌아왔지만

다시 예전처럼 돌아가지는 못할 거라는 걸 알고 있었다.

그런 기억을
가진 채로 나는

너를 전처럼
바라볼 수 없다.

안녕,

내가 처음으로
좋아했던 너.

마음 상자

나는 블로그가
하나 있다.

공개된 블로그는
아니고…

쉿―

모든 글이 비공개로 올라가 있는, 나만의 비밀스러운 '마음 상자'다.

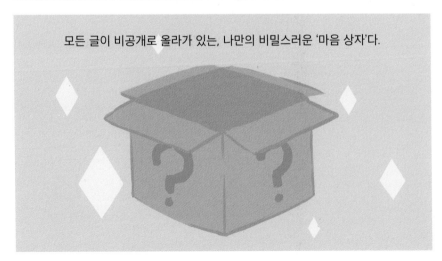

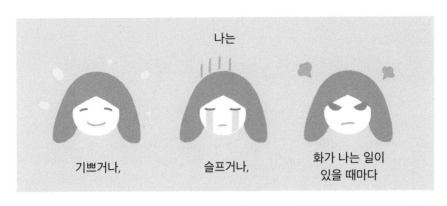

나는

기쁘거나, 슬프거나, 화가 나는 일이
있을 때마다

어디에도
꺼낼 수 없는 마음늘을

글로 써서
이곳에 차곡차곡
보관한다.

생각처럼 그렇게
정갈한 글은 아니지만…

그래도 이 마음 상자는
힘든 시기에 몇 번이나 나를 구원해준,

이제 없어서는 안 될
정말 정말 소중한 공간이다.

마음 상자를
처음 만든 때는

새파랗던
시절

몇 년 전으로
거슬러 올라간다.

내가 고등학교를 졸업하고
바로 일을 시작했던 것은

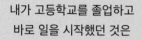

돈을 모아서 몇 년 내로
수술을 마무리하겠다는
계획 때문이었지만

100만 원씩만 모아도
3년이면 최소 3천만 원…

조아써

내 20대는
그렇게 순탄하게
흘러가지 않았다.

쿵..

여러 가지 일을 겪으며
깊은 우울증에
빠져버린 것이다.

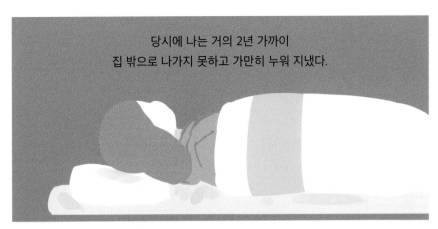

당시에 나는 거의 2년 가까이
집 밖으로 나가지 못하고 가만히 누워 지냈다.

대인기피증은
점점 심해져서

바깥에 나가는 건
병원에 갈 때뿐.

모든 사람들이 나를 괴물처럼 보는 것 같았다.
그들의 비웃음이 머릿속을 맴돌았다.

아무것도
하지 못하는
나 자신이

너무 쓸모없게
느껴져서

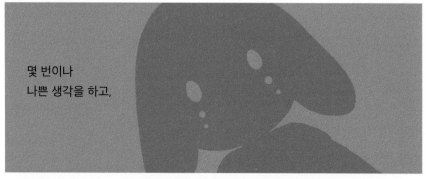

몇 번이나
나쁜 생각을 하고,

또 그럴 용기조차 없어서
그저 아무것도 못한 채로 하루가 지나갔다.

다시는 깨어나지 않으면 좋겠다.

그렇게 바라며
매일 잠에 들었다.

캄캄한 방 안에서 무언가가
나에게 끊임없이 속삭였다.

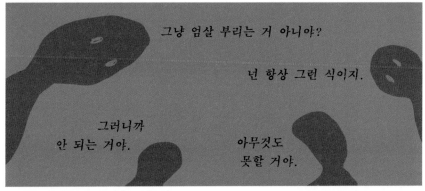

그냥 엄살 부리는 거 아니야?

넌 항상 그런 식이지.

그러니까
안 되는 거야.

아무것도
못할 거야.

행복하지 못할 거야.

마치 늪 같았다.

썩을 대로 썩어서
한번 발을 들이면
빠져나갈 수 없고,

발버둥칠수록

더 깊은 수렁으로 빠져버리는 늪.

그러는 사이 수술을 위해 모아둔
통장 잔고도 바닥이 났고

잔액
-7,380원

수술은커녕
호르몬 치료를 유지할
돈조차 떨어졌다.

부정적인 생각이
흘러넘쳐서

마음이 터져버릴 것만 같았다.

그때 만들게 된 것이

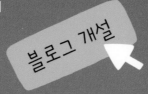

이 마음 상자였다.

처음에는 그저,
어디에도 털어놓을 수
없는 마음을

어디엔가
쏟아내고
싶었던 것 같다.

이러면… 내게 무슨 일이 생기더라도 누군가는 봐주지 않을까,
내 마음을 알아주지 않을까,
그 정도의 생각을 하며

스스로를 비난하고, 무언가를 미워하고,
환경을 탓하고, 힘든 일, 괴로운 일…
어떤 목적도, 의미도 없는 말들을 계속해서 써내려갔다.

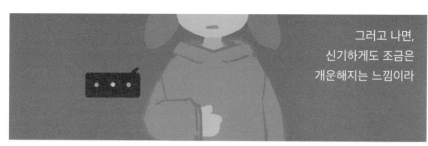

그러고 나면,
신기하게도 조금은
개운해지는 느낌이라

이후로 나는 괴로운 순간마다
글을 남겼다.

일어나 앉는 것도 힘든 날에는
누워서 휴대폰에 메모했다.

쓸 말은
잔뜩 있었다.
그때의 나는 정말
내가 싫었고,

그래서 매일 비슷한,
그러나 다른 방향으로
나를 미워했다.

어차피 그 외엔
할 수 있는 일도 별달리 없었기에
나는 매일매일,

매일매일,

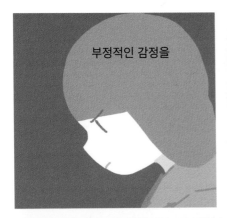

부정적인 감정을

끄집어내고,

담아냈다.

그렇게 수십 개, 수백 개의 상처가 그곳에 담겼고

시간이 지나자

나에게
아주 작은 변화가 일어났다.

작게 생겨난 그것은

항상 나를
무겁게 짓누르고

바닥으로 끌고 가던
괴로운 마음과는 다른

아주 더디더라도, 나아지려는 방향성을 가진 마음이었다.

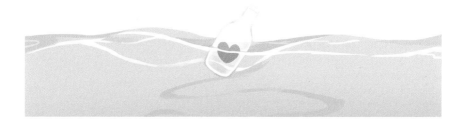

내 부정적인 마음을
다 퍼내고서야

겨우
발견할 수 있었던

나는
나아지고 싶어.

나의 진짜
마음이었다.

오랜 시간이 걸려
처음으로 마음 상자에 넣은
긍정적인 감정.

물론 그것만으로
모든 것이 마법처럼
바뀌지는 않았다.

나는 여전히 내가 미웠고,

사람들이 무서웠지만…

그럼에도 나는 아주,
천천히, 조금씩,

괴롭지 않은 감정들을
채워 넣을 수 있게 되었다.

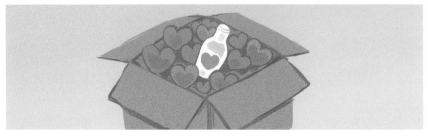

그로부터
약 5년이 지났고…

짜잔

나는 무사히 수술과
성별 정정을 마쳤으며
이제 곧 책도 낼 예정이다!

그럼 지금은
완전히 이겨낸 거냐고?

사실,
그러진 못했다.

아주 오래 지났는데도
그때와 비슷한 감정이
몰려올 때가 종종 있으니까.

하지만 그런 불안감이 들 때마다
나는 내 마음에 속삭인다.

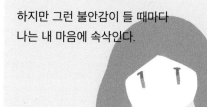

그래도
나아지고 있어.
앞으로도 더
나아질 거야.

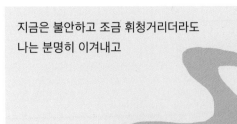

지금은 불안하고 조금 휘청거리더라도
나는 분명히 이겨내고

내가 바라는 곳에
도달할 수 있을 거라고.

미래의 나는
어떤 모습일까?

지금의 내가
과거를 돌이켜 보듯이

어쩌면 미래의 나도
오늘을 돌아보려나?

그날을 위해

오늘의 마음을
담아두자.

아빠

감정적으로 괴로운 시기를 넘기고
나는 수술비를 준비하기 위해
아르바이트를 시작했다.

그리고 목표 금액을
거의 다 마련하고
수술을 천천히
준비해갈 무렵…

내가 아직 학생이었을 때
준비하던 일이 연달아 실패하자
큰 빚을 지고

방에서 술과 담배만 반복하다가

결국 엄마와 이혼하고 나서는
한 번도 본 적 없는 아빠였다.

나는 아빠를…

많이 원망했다.

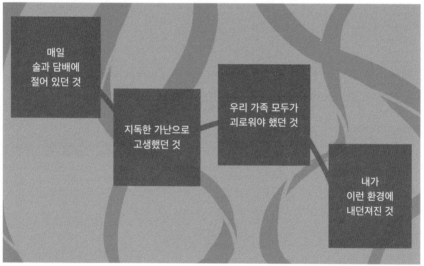

매일
술과 담배에
절어 있던 것

지독한 가난으로
고생했던 것

우리 가족 모두가
괴로워야 했던 것

내가
이런 환경에
내던져진 것

모든 게
아빠 탓이라고

그렇게 생각했다.

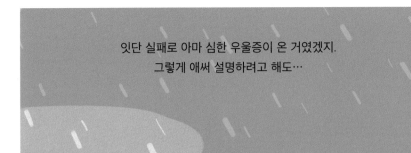

잇단 실패로 아마 심한 우울증이 온 거였겠지.
그렇게 애써 설명하려고 해도…

이미 내 안에서
돌이킬 수 없을 만큼
미운 사람으로 남아서
도저히 다가가지 못하고

그렇게 아무것도 변하지 않은 채로

시간만 훌쩍 흘렀다.

엄마의 메시지를 받고 나서
많은 생각이 들었다.

혼란스러웠다.

이제 와서 나한테
그런 말을 왜?

아냐 그래도
아빠인데…

돌아가셨다고?

아직 50대인데
이렇게 갑자기?

당시에는 성별 정정에 친부모의
동의서가 필요했고,

동의를 위해
찾아갈 생각도
하고 있었다.

몇 번이나 머릿속으로
생각했다.

어떤 표정을 할까?
어떤 말을 할까?

나를 혐오할까?

넌 내 자식이
아니야!

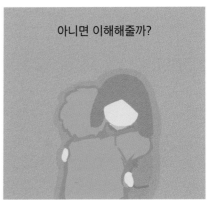

아니면 이해해줄까?

전혀 감이
안 잡힌다…

그래도
이왕이면,

이해해줬으면
좋겠네…

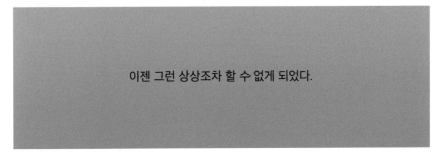

이젠 그런 상상조차 할 수 없게 되었다.

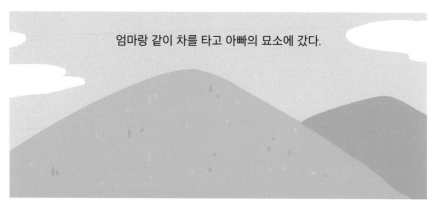

엄마랑 같이 차를 타고 아빠의 묘소에 갔다.

아빠의 묘는,

여기야.

정말 작고 초라했다.

구석에 이름만 작게 쓰여 있는 그런 묘였다.

정말로 돌아가셨구나.

만나고 싶어도 이제는
못 만나는 사람이 되었구나.

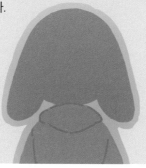

머리로는
알고 있었지만,
그곳에 가서야
실감이 났다.

지금은
기억 속 얼굴마저
흐릿해진 아빠.

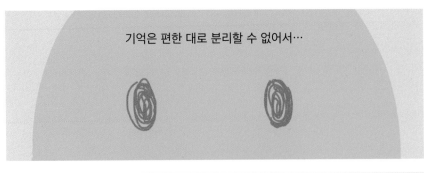

기억은 편한 대로 분리할 수 없어서…

너무나도 미워한 그 사람이라도

때때로 즐거웠던 추억과 함께 떠오르고
그리운 기분이 든다.

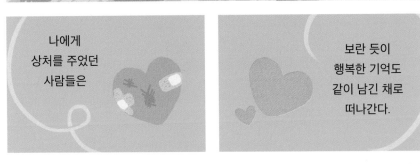

나에게
상처를 주었던
사람들은

보란 듯이
행복한 기억도
같이 남긴 채로
떠나간다.

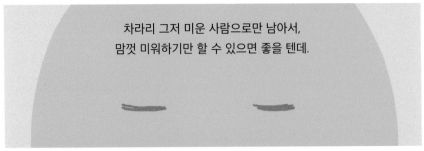

차라리 그저 미운 사람으로만 남아서,
맘껏 미워하기만 할 수 있으면 좋을 텐데.

실은 하고 싶은 말이
많았다.

집에 가자.

내가
어떻게 자랐는지
보여주고 싶었다.

이렇게 다시는
만나지 못하게
될 줄 알았으면

응.

차라리 만나서
원망이라도 해볼 걸.

우여곡절 끝에 수술비를
다 모은 과거의 나.

잔고
₩XX,XXX,XXX

하지만 아직
넘어야 할 큰 산이
하나 남아 있었는데…

바로…
엄마에게 커밍아웃을
하는 일이었다.

항상 말하려고는 해봤지만,

엄마, 있잖아요.

너무나도
어려운 나머지…

왜?

어… 그게…

항상 운만 떼다가 정작 중요한 말은
하지 못하고 지내온 것이다.

그러니까…

…아무것도 아니에요.

아…

싱겁긴.

엄마는 항상 말버릇처럼
나를 다 이해할 수 있다고
말해주었지만,

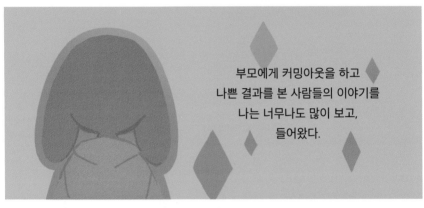

부모에게 커밍아웃을 하고
나쁜 결과를 본 사람들의 이야기를
나는 너무나도 많이 보고,
들어왔다.

내가 트랜스젠더인 것이
엄마가 말하는 그 '이해'의 범주에 속하지 않으면?

만약 내가 엄마에게
거부당하면 어떡하지…

그런 불안감만
점점 커져갔다.

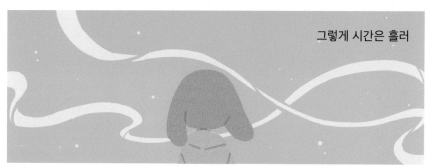

그렇게 시간은 흘러

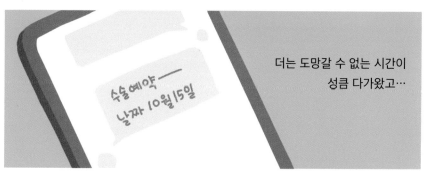

더는 도망갈 수 없는 시간이
성큼 다가왔고…

수술 예약 ——
날짜 10월 15일

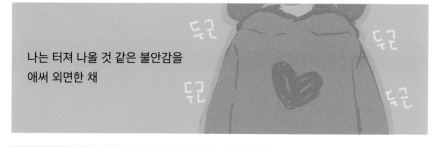

나는 터져 나올 것 같은 불안감을
애써 외면한 채

두근
두근
두근
두근

오늘은
도망가면
안 돼.

응

마음의
준비를 했다.

그리고,

엄마, 저기…

정말 힘들게 입을 떼었을 때,

할 말이…
있는데요.

엄마는…

● ● ●

이미 알고 있다고 하셨다.

아는데?

?

??

엥?

네?

어?

어떻게
…?

엄마는 다 알면서도,
내가 직접 말하기를 쭉
기다렸다고 하셨다.

아무것도 아니에요!

언제쯤에나 말하려나…

애초에 그렇게 티를 내는데
어떻게 몰라?

머쓱…

내가 언제…

앉아.

잠깐의 정적이 흐르고…

· · ·

무슨 말이라도 해야…

저기…

실은,

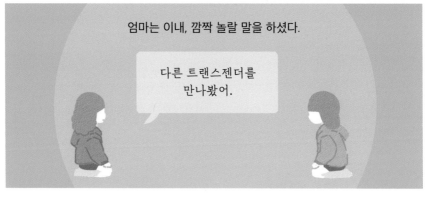

엄마는 이내, 깜짝 놀랄 말을 하셨다.

다른 트랜스젠더를
만나봤어.

어…?

생각지도 못했던
그 말에

나는 그대로
굳어버렸다.

엄마는 가볍게
한숨을 쉬시더니,
나를 마지막으로
설득하셨다.

수술도
할 생각이니?

…응.

…많이 아프고
힘들대.

응.

그래서 그 사람은
되도록 말리고 싶대.

……

외국에 오래 나가야 한다며?

엄마는 못 따라가줘. 아픈 몸으로 혼자서 어쩌려고…?

다시 못 되돌려.

후회할지도 모른대.

일은? 결혼은?

내가 겪어왔고

…앞으로 어떻게 살아가려고 그래…

아마 겪어야 할 일들.

나는 엄마가 내 생각보다도 자세히 알고 계신다는 것에 놀랐고,

그렇게 알기 위해 정말 오랫동안 애쓰셨을 거라는 점에,

그리고 그 모든 걱정이

오롯이 날 위한 걱정이었음에 마음이 아파왔다.

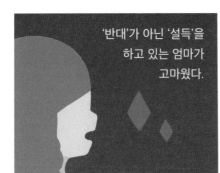

'반대'가 아닌 '설득'을
하고 있는 엄마가
고마웠다.

차라리 내가 그렇게
엄마가 바라는 대로
살 수 있었으면 좋았을 텐데.

엄마에게 상처 주지 않고, 나도 상처받지 않고,
남들처럼 살 수 있으면… 그러면 좋았을 텐데.

하지만
그건 불가능하다.

아마 지금부터 할 말은 엄마에게
더 큰 상처를 줄지도 모른다.

이기적으로 보일지도 모른다.

그럼에도,
지금 하지 않으면 안 되는 말…

아주 오래오래 마음속에 감춰두고
꾹꾹 참아왔던 말들이…

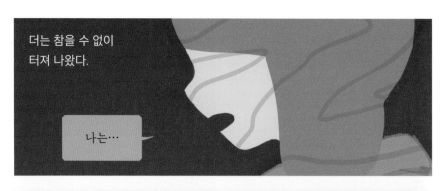

더는 참을 수 없이
터져 나왔다.

나는…

엄마가 날 XX라고
부르는 게 너무…
괴로워요.

쭉 괴로웠어요.
아주 어릴 적부터.

그렇게 부를 때마다,
날카로운 바늘이 나를
후벼 파는 것 같았어요.

너무 괴로워서
귀를 틀어막고 싶었어요.

엄마가 이해할 수 없을 내 괴로움을 말했고,

이것이 불행하게 살기 위해서가 아니라,
더 행복해지기 위한 과정임을 말했다.

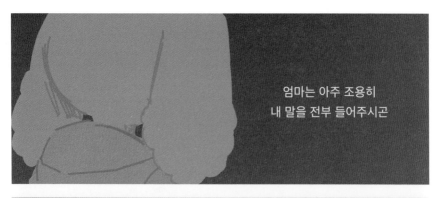

엄마는 아주 조용히
내 말을 전부 들어주시곤

해야 할 말을 끝마친
나를

살짝 안아주셨다.

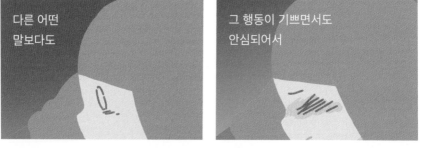

다른 어떤
말보다도

그 행동이 기쁘면서도
안심되어서

그제야 울음이
마구 터져 나왔다.

신기하게도
커밍아웃을 한 뒤로는

마음이
편하다…

예전처럼 마음이
괴롭지는 않았다.

엄마와의 관계도…
이전보다는 더 나아지고 있고.

물론 아직도
여러 가지 호칭으로 불리거나,
자주 싸우거나 하지만…

아니…

딸

아들

딸!

그래도
가장 가까운 사람이
날 지지해주는 건

그 무엇보다도 큰 힘이
된다는 걸 온몸으로
실감할 수 있었다.

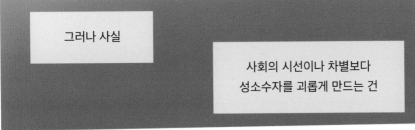

청소년 성소수자를
대상으로 한 연구에 따르면,
가족에게 자신의 성 정체성을
거부당하는 성소수자는

가족에게 수용되는
성소수자에 비해
자살 시도율이 8배,
우울증 발병이 6배나
더 높게 나타난다.

반대로 성소수자
부모의 태도가
수용적으로
변하게 되면

그에 따라
자녀의 우울감과
자살 사고 등이
현저히 낮아지고

정신건강이
향상된다는
연구 결과가 있어요.

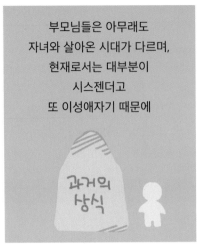

부모님들은 아무래도
자녀와 살아온 시대가 다르며,
현재로서는 대부분이
시스젠더고
또 이성애자기 때문에

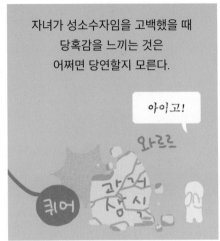

자녀가 성소수자임을 고백했을 때
당혹감을 느끼는 것은
어쩌면 당연할지 모른다.

아이고!

와르르

퀴어

과거의 방식

그래서 많은 부모들은 자신의 양육 방식이 잘못되어서
자녀가 성소수자가 된 것이 아닌지 고민한다고 한다.

좀 더 신경
썼더라면…

내가 잘못
키운 게 아닐까.

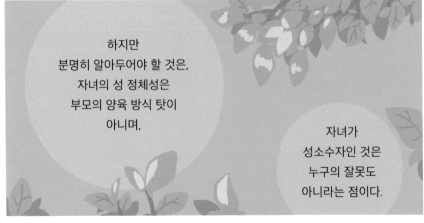

하지만
분명히 알아두어야 할 것은,
자녀의 성 정체성은
부모의 양육 방식 탓이
아니며,

자녀가
성소수자인 것은
누구의 잘못도
아니라는 점이다.

물론 커밍아웃을 들으면
당황스럽거나,

받아들이는 데 어느 정도
시간이 필요할 수도 있지만…

커밍아웃을
했다고 해서

내가 알던 사람이
다른 사람이 되는 것은
아니라는 걸
기억해주었으면 좋겠다.

그 사람은, 여전히 내가 알던 가족, 혹은 친구다.

성소수자로
살아가다 보면,

혼자 버티기 힘든 일이
있는 게 사실이지만…

그렇기에 더더욱 가까운 사람들의 지지가
큰 의미를 갖는 게 아닐까.

부디, 당신의 소중한 사람에게…
혼자가 아니라는 확신을 주었으면.

제가 탈 비행기는
한밤중에 출발했기에

저는 저녁 즈음에
버스를 타고
공항으로 이동했어요.

여권, 지갑, 옷, 유심…
다 챙겼지?

제가 가는 곳은 태국이에요.
성별적합수술은
우리나라보다 태국이
기술적으로 더
앞서 있거든요.

태국행

히히

그날 공항버스 창문으로
내다본 거리의
가로등 불빛들이
예뻤던 게 아직도
기억이 나요.

마치 잘 다녀오라고
인사해주는 것 같았답니다.

마음이 두근두근했죠.

무사히 공항에 도착!

완전 커!

사람 많아!

탑승을 위한 수속을 거치고,

2시간이나 일찍
왔는데도 줄이 있어!

우여곡절 끝에…

이 녀석들이…

비행기는
신발 벗고 타는 거 알지?

비행기는
벨 눌러야 멈춰요.

195

무사히 비행기에 탑승했습니다!

와 창가석♥

다제롤 씨

저는 태국 병원의
브로커를 통해서 예약했기 때문에
비행기에서 내리면 마중을 나온
사람이 있을 거예요.

이제 집에 돌아가는 건 한 달 뒤,
수술을 마친 이후입니다.

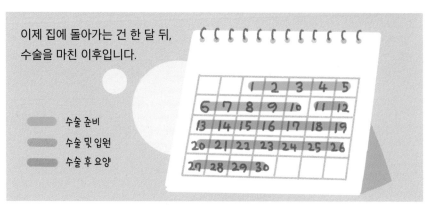

🔴 수술 준비
🔴 수술 및 입원
🔴 수술 후 요양

					1	2	3	4	5
6	7	8	9	10	11	12
13	14	15	16	17	18	19
20	21	22	23	24	25	26
27	28	29	30

무사히
비행기에 타서
긴장이 풀린 걸까요,
기분 좋은 잠이
쏟아졌습니다.

자고 일어나면
태국이겠지?

- 착륙 직전 -

이걸 작성해주세요.

English English English
English English English
English English English
English English English
English English English
English English English
English English English
English

영어 못함
해외여행 처음
동행 없음
인터넷 안 됨

국제 미아 각이다…

뜻밖의 대위기!

출입국카드

옆자리의 한국 분이
도와주셨습니다.

감사합니다
감사합니다…

수술 전 준비

저는…

태국 공항에 도착했습니다.

처음 보는 풍경에,

한국인이
없어!

처음 보는 언어들.

간판에
외국어가!
(당연함)

정말 외국이구나! 하는 실감이 들기 시작했습니다.

진짜 외국에 왔구나…
근데 어디로 가야 하지?

저긴가 보다…

아무튼 사람들이
가는 쪽으로 따라감

- 입국 수속장 -

잘 찾아온 거…
같긴 한데…

무슨 줄이…

사람들을 따라가니
입국 수속장이 나왔어요.

줄을 서서 기다리며…

10월인데
엄청 더워…
신기하다.

혹시 수상하다고
통과가 안 되면
어쩌지?

괜히 온갖 걱정이 들었지만

잡혀가나!?

이번에야말로
국제 미아!?

걱정이 무색하게도
바로 통과했습니다.

어… 저 가요?

Pass.

아쉽..

혼자 수속을 마친 후
기다리던 브로커 님과 무사히 합류하고,

오나아아..

인사를 나누고 본인 확인을 한 후

다채롬 씨
맞으시죠?

넹!

밖으로 나가, 대기하고 있던
택시를 타고 곧바로 이동했습니다.

그런데…
저희 어디로
가나요?

?

도착한 곳은
큰 건물이었어요.

뭐지?
호텔인가?

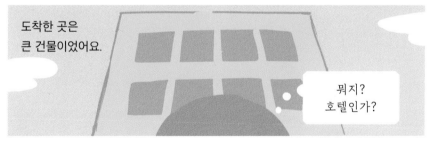

아하,
병원이네요!

짜잔

저 집에 가도 돼요?

아뇨.

이렇게 도착 직후 병원에서
건강검진을 하고 그 결과를
미리 받아두어야

환자가 수술을 해도
괜찮은 몸 상태인지 판단하고,
수술에 들어갈 수 있습니다.

건강검진을 마친 후엔 마지막으로
현지의 정신의학과에서 다시 한번 진단을 받습니다.
제일 중요한 절차예요.

약간이라도 망설이는
기색이 있다면
수술을 진행할 수
없습니다.

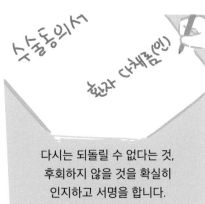

수술동의서

환자 다케루(인)

다시는 되돌릴 수 없다는 것,
후회하지 않을 것을 확실히
인지하고 서명을 합니다.

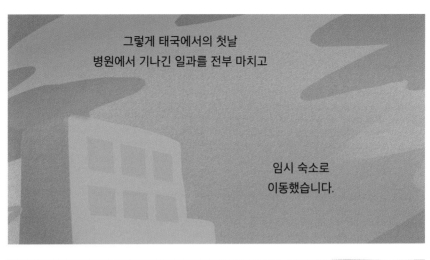

그렇게 태국에서의 첫날
병원에서 기나긴 일과를 전부 마치고

임시 숙소로
이동했습니다.

브로커 님은 절 방까지 안내해주신 뒤 일정을 간단히 설명하고 돌아가셨고,

푹 쉬어요.

감사합니다.

저는 숙소에 혼자 남게 되었어요.

덩그러니

타지에 혼자 남겨지니
어쩐지 조금 불안하더라고요.

약간의 무서움,

해외라는 설렘,

그리고 기대감.

여러 감정이
뒤섞여서…

왠지 모르게
마음이
두근두근했습니다.

내가 드디어
여기까지 왔구나…

하루 정도 임시 숙소에서
편하게 쉰 뒤,

다음 날 브로커 님의 안내를 받아

잘 쉬었나요?

넹!

수술을 진행할 병원으로
찾아갔습니다.

생각보다
아담하다.

이곳에서 수술 전에
집도의와 상담을
하게 됩니다.

이쪽으로…

네!

원장실

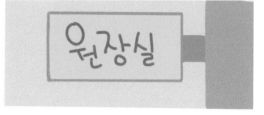

아,
어서 오세요.

네…!

다채롬 님
맞으시죠?

그럼 일단…

환부를 체크해야 하니

벗으세요.

수술할 부위를 체크하고,

이 정도면 됐고…
이제

이걸 봐주세요.

우르르

수술은 이런 식으로 진행됩니다.

수술 전 준비는 이렇게 해야 하고

이후 관리는…

수술에 대해 아주 자세한 설명을 듣습니다.

상담이 끝난 뒤엔 브로커 님과 함께 근처 마트에 들러 수술 후에 필요한
물, 생필품, 식료품 등을 잔뜩 사서

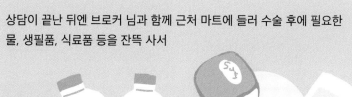

물

생리대 &
위생 패드

식료품

앞으로 쭉 지내게 될 숙소로 이동했습니다.

이 숙소는 수술 이후에
쭉 요양하며
지낼 곳이기 때문에

까마득~

임시 숙소보다 시설이
좋은 편이었어요.

넓은 거실과

벽 한 면이
통유리로 된
침실이 있고,

1층에 투숙객들을 위한 간단한
조식 뷔페도 준비된 곳이었죠.

하지만 지금은
그야말로 그림의 떡입니다.

뷔페는커녕 밥은 물론이고 죽도 금지.

심지어 물마저도
수술 전에는 맘대로 마실 수가 없어요.

왜냐면, 성별적합수술은
전신 마취를 하고 몇 시간이나
걸리는 큰 수술이기 때문에

미리 며칠간 금식과 관장을 해서
장을 비워두어야 하기 때문이에요.

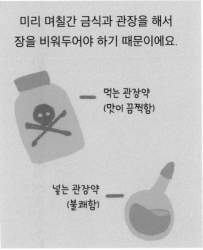

먹는 관장약
(맛이 끔찍함)

넣는 관장약
(불쾌함)

그렇게 아무것도 먹거나 마시지 않고
며칠이 지나고 나니

까딱

정말 손가락 하나 까딱할 힘도
남지 않았습니다.

하늘이 노래…

그래도… 이거만 버티면
다 끝날 테니까…

라고 생각했던
그때의 저는,

뭐?

앞으로 어떤 일을 겪게 될지
알지 못했습니다.

수술날

벌써 아침…

시간은 빠르게 흘러

그렇게나
기다리던
수술이었는데,

막상 닥쳐오니
왠지 모르게
현실 같지 않았습니다.

수술 후에는 병원에 며칠간 입원하기 때문에,
호텔에서 우선 체크아웃을 하고

차를 타고 병원으로
이동했습니다.

병원에 도착해서는 모든 일이 순식간에 진행되었습니다.

다채롬 씨
이쪽으로.

넹!

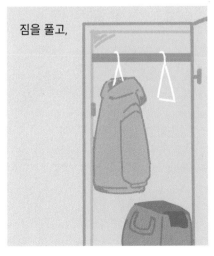

짐을 풀고,

수술 가운으로 갈아입자

그제서야
수술을 받는다는 실감이
들었습니다.

우와…

어쩐지

몇 년도 채 지나지 않은
예전의 제 모습이 떠올랐어요.

맘에 상처를 입고

'나쁜 생각'을 도저히
뿌리칠 수 없을 때마다

어떻게든 나를
움직이기 위해서

되뇌던 생각이
있습니다.

어차피 죽을 거라면 차라리 수술대 위에서 죽자.

건강하지 못한
생각이었다 해도,

그 말에
많은 도움을 받은 건
분명합니다.

어차피

죽을거면..

그래도,
만약 예전의 저에게
말을 걸 수 있다면

. . .

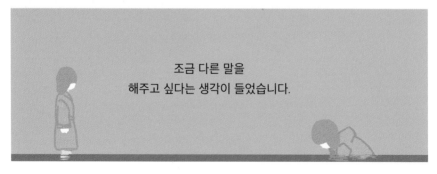

조금 다른 말을
해주고 싶다는 생각이 들었습니다.

216

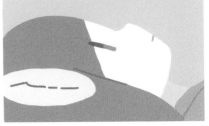

수술이 끝나고 1

감은 눈을

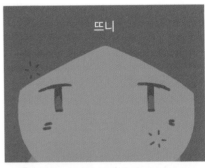

뜨니

저는 어두컴컴한 병실에
혼자 누워 있었습니다.

몸이 물 먹은 솜처럼 무겁고,
머리는 핑핑 돌았죠.

목말라…

그렇게 깨고 나서 한동안은 멍-해서

여기가 어디지…

머리가 안 돌아가다가…

이게 뭐지…?

시간이 지나며 차츰 정신이 돌아왔습니다.

수술 끝났어!?

지금 몇 시야?!

나 살아 있어?!

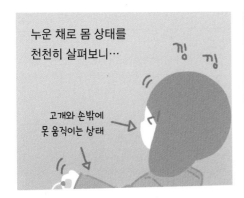

누운 채로 몸 상태를
천천히 살펴보니…

고개와 손밖에
못 움직이는 상태

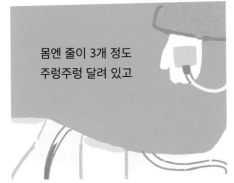

몸엔 줄이 3개 정도
주렁주렁 달려 있고

수술 부위는 단단한 붕대로
감싸여 있었는데,

마취 때문인지 하반신에 아무런
감각도 느껴지지 않았습니다.

우와…

AM3:04

수술을 오후에
시작했는데…

대체 몇 시간을
누워 있었던 거야?

깨어나면
꼭 연락해!

맞아,
그러고 보니…

시간을 확인하고, 부랴부랴
가족과 친구들에게 연락을 돌리자

나 깨어났다!

똑

똑

근데 이 시간엔
다들 자지 않을까…

괜히 했나…

띠롱

ㅡㅡ!

축하해!

띠롱-

띠롱

수고했어!

헉!

띠롱-

깨어나셨다!

ㅡㅡ!

고생 많았어!

정말 많은 분들이
절 축하해주셨어요.

몸은 좀 괜찮아?

완전 아무렇지도 않아!
나 좀 잘 참는 듯!

이 사람들
왜 안 자!
ㅋㅋㅋ

(마취 중이라 아무것도 안 느껴짐)

그게 기뻐서일까,
안심되어서일까,

왠지…

눈물이 핑 돌았습니다.

수술을 성공적으로
마쳤으니,

이제 저는
병원에서 약 5일간
입원하게 됩니다.

입원 기간에는 다리를
전혀 사용하면 안 되고,

식사나 화장실도 전부
누운 채로 처리해야 해요.

혼자서는 거동이 힘들기 때문에,
침대에는 상체를 약간
일으켜주는 기능이 있고

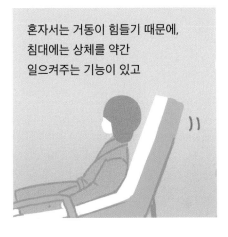

침대 옆에는
24시간 호출 가능한 벨이
준비되어 있었습니다.

그리고

시간이 지나며…

차츰 마취가 풀리고
고통이 찾아왔습니다.

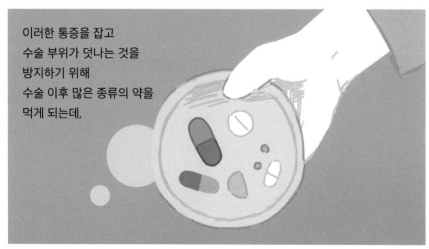

이러한 통증을 잡고
수술 부위가 덧나는 것을
방지하기 위해
수술 이후 많은 종류의 약을
먹게 되는데,

입원 기간 중 제가 느끼기에
가장 괴로웠던 점은

걷지 못하는 불편함이나,
수술의 통증이 아니라

이 약물 부작용으로 인한
구토였습니다.

수술 후의 식사는
거의 죽, 수프, 국 등
부드러운 것들로 구성되었는데

뭔가를 먹을 수 있다는 기쁨은
잠시였고, 이내 배고픔보다도
식사를 하는 것이 무서워졌습니다.

머리는 팽팽 돌고, 속은 메스껍고,
몸은 누운 채로 움직이지 못하니
정말 답답해 죽을 것 같았어요.

걸을 수라도
있으면

이렇게까지
답답하진 않을 텐데.

몸과 맘이 정말 괴로운
입원 기간이었지만,

집에
가고 싶어…

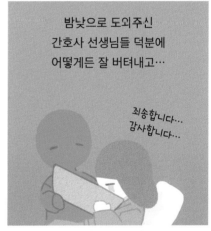

밤낮으로 도와주신
간호사 선생님들 덕분에
어떻게든 잘 버텨내고…

죄송합니다…
감사합니다…

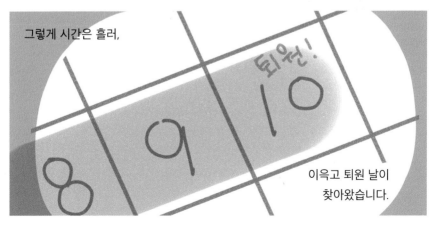

그렇게 시간은 흘러,

퇴원!

이윽고 퇴원 날이
찾아왔습니다.

옷을 갈아입고

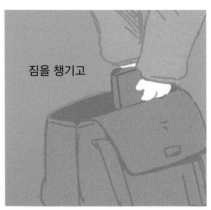

짐을 챙기고

퇴원 준비를
마친 저.

두근

두근

두근

당시의 감정은 걱정 반,
기대감 반이었습니다.

내가 이런 몸 상태로
혼자 잘 지낼 수 있을까?

아악!

병원에
있을 때가
좋았지!

그래도 이제 비좁은 침대에만
누워 있진 않아도 돼!

자유다!

병원에서는 퇴원일에 맞춰 휠체어를 준비해주셨는데

아래층에 휠체어 준비해두었어요.

휠체어요?

↑
당시 병실은 2층이었다.

저는 어쩐지 과보호 같아서 부끄립다는 생각을 했습니다.

??

휠체어까진 필요 없을 것 같은데?

하지만…

자리에서 일어난 순간

벌떡

그 이유를 알 수 있었죠.

철푸덕

다리에 힘이 전혀 들어가지 않았습니다.

충격이었어요.
사실 수술 전처럼
잘 걸을 수 있을 줄 알았거든요.

부축을 받아 겨우 설 수는 있었지만…

너무… 힘들어…

휠체어 없었으면
큰일 날 뻔했네…

과보호는 무슨

근육은 시간이 지나면 회복되니,

근데 난 혼자
지내야 하는데…?

당분간은 걷거나 앉는 걸
피해야 한다고 해요.

그렇게 며칠간의 고된 입원
생활을 마치고 다시 숙소에 도착!

이제부터는 몸 상태가 나아질 때까지
혼자 요양을 하게 됩니다.

정말 괜찮을까…

수술이 끝나고 2

병원에서 돌아와
혼자가 되었습니다.

맞다…
퇴원했지.

퇴원 이후에는
약 20일 정도
요양을 하고 나서
귀국을 하게 됩니다.

혼자 지내는 건
자유롭기도 했지만,

역시 생각처럼
쉽지만은 않았습니다.

약에 적응하는 건 며칠이나 더 걸렸고,

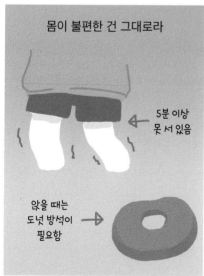

몸이 불편한 건 그대로라

5분 이상
못 서 있음

앉을 때는
도넛 방석이
필요함

지내는 건 퇴원 전이랑
크게 달라지지 않았어요.

하루 종일
누워 있기

생각보다도

혼자 움직이는 게 힘들어서

악!

라면 하나도 끓이기 힘들었던
초기 몸 상태

식사 등 앞으로의
생활이 걱정이었는데

이 부분은 브로커 님이
필요한 식재료를
주문해주시거나

조식 룸서비스를 신청해서
해결해주셨습니다.

매일 아침마다
식사가 방으로 찾아온다

…집에 가기 싫은데?

호텔
최고 ♥

이렇듯 퇴원을 했더라도,
몸 상태가 완전히 나아진 것은
아니었기에

그래도 혼자 있으면
민폐는 안 끼치니까 좋다.

태국에 머무는 동안에는 매일매일 정해진 시간에

이렇게 간호사
선생님들이 오셔서
몸 상태를
확인해주신답니다.

며칠이 지나고 저는 몸이 약간 회복되어서

방문해주신 간호사 선생님들의
도움을 받아

드디어 수술 부위의
붕대와 소변줄을
제거했습니다.

많이 아팠지만…

매일 주렁주렁 달고 다니느라
거치적거리던 게 사라져서
얼마나 편하던지.

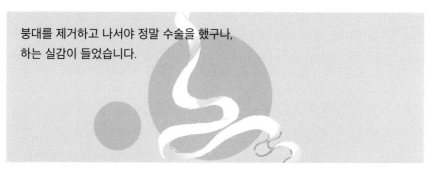

붕대를 제거하고 나서야 정말 수술을 했구나,
하는 실감이 들었습니다.

수술 후 달라진 점에 대해
말하자면…

Before   After

우선 몸의 감각이 달라진 것이
참 신기했어요.

아무래도…

이런 건 쉽게
경험할 수
없는 거니까요.

조금
부끄럽지만요

그리고 역시
무엇보다 기뻤던 건,

매순간 절 괴롭히던
신체의 불쾌감이

상당 부분
사라졌다는
사실이었습니다.

비싼 수술비

고된
수술 과정

그런 것들을
충분히 감수할 수 있을 만큼

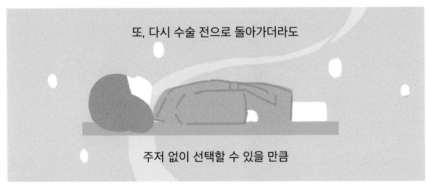

또, 다시 수술 전으로 돌아가더라도

주저 없이 선택할 수 있을 만큼

저에게 있어서는 그것이
그 무엇과도 비교할 수 없을 만큼
큰 변화로 다가왔습니다.

하지만
그 기쁨은

잠시
미뤄두기로 하고…

자, 붕대를 제거했으니
이제 수술의 마지막 과정이
남아 있습니다.

그건 바로 '다이레이션'이에요.

다이레이션이란?

수술 부위의 협착이
진행되지 않도록 의료용
실리콘 봉으로 내부를
확장시키는 일입니다.

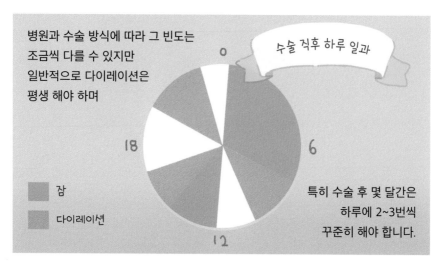

병원과 수술 방식에 따라 그 빈도는
조금씩 다를 수 있지만
일반적으로 다이레이션은
평생 해야 하며

수술 직후 하루 일과

0

18

6

12

잠
다이레이션

특히 수술 후 몇 달간은
하루에 2~3번씩
꾸준히 해야 합니다.

그러니 귀국 후
몸 상태가 나쁘지 않더라도

완전 쌩쌩해!

...

수술 후 몇 달 정도는
푹 쉬며 요양에 집중해야 해요.

인간부리또

채 아물지 않은 상처 부위를
확장시키는 건…

으아아악

물론
고통스럽기도 했고,

시각적으로도
괴로운 경험이었습니다.

으아아
아악...

병원에서 준
손거울

자, 이걸로 직접
확인하면서 해야 해요.

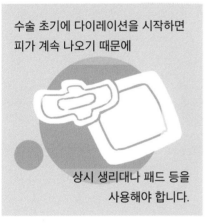

수술 초기에 다이레이션을 시작하면
피가 계속 나오기 때문에

상시 생리대나 패드 등을
사용해야 합니다.

처음에는 아프고…
시간도 오래 걸려서
'이걸 평생 어떻게 해?' 하고
생각했지만

그래도 뭐든지 꾸준히 하면 적응하게 되더라고요.
시간이 지난 지금은 너무나 당연한 일상이 되었습니다.

벌써 날짜가
이렇게…

태국에서의 시간은
조금씩 지나

속도
많이 괜찮아지고

어색하지 않게
걷는 연습도 해서

저는 밖에 나가서 산책이나 간단한 장보기도
할 수 있게 되었어요.

수술 직후의 몸 상태를 생각하면
너무 감격스러웠습니다.

'내가 해냈구나!
이제 진짜 다 끝났어!'

그런 실감이 들어서
마음도 편해졌구요.

이렇게 행복하게
태국에서의 제 수술 과정은 마무리~

…되었으면 참 좋았을 텐데.

웬걸.

그러지 마,

수술 부위가
제대로 아물지 못하고

찢어져
버렸습니다.

우와…
그로테스크해…

이걸
어쩌지

저는 결국 다시 꿰매는
재수술을 해야 한다는 진단을 받았습니다.

좀 움직였다고
살이 찢어지고…

나는 무슨
헝겊인형인가…

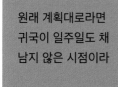

원래 계획대로라면
귀국이 일주일도 채
남지 않은 시점이라

재수술 통지는
큰 충격으로 다가왔습니다.

왜…

· · · · · ·

하지만 부정적인 생각에 휩싸일 시간조차 없었습니다.
애써 몸을 일으켜 생각을 털어버리고,

정신 차려.
여기까지 와서
이러면 어떡해.

숙박비가 하루에
n만 원이니까…

저 일주일
더 있을게요.

그렇게, 마음의 준비를
할 새도 없이

재수술을 받았습니다.

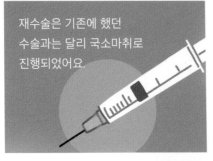
재수술은 기존에 했던
수술과는 달리 국소마취로
진행되었어요.

수술 경험은
몇 번인가 있었지만

수술하는 위치가
그렇다 보니…

사각   사각

끼익

끼익

릴랙스~

잠깐만…
이건 너무…

덜덜!   덜   덜

덜   덜

너무
무섭잖아!!!

릴랙스~

릴랙스를
어떻게 해요!!!

250

수술은 1시간 정도 걸렸던 것 같아요.

1시간 동안 떨어서
탈진 상태

1초가 천년 같았던
시간을 견디고

다시 숙소로 돌아왔습니다.

꼭 처음 수술한 날로
돌아간 것 같았어요.

쿠엥—

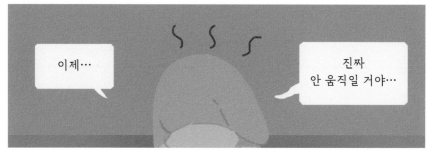

이제…

진짜
안 움직일 거야…

그렇게 남은 시간은
되도록 걷지도,
앉지도 않고

• • •

사족보행

매일매일 붓지 않게
얼음찜질을 종일 해주다 보니

이게뭐야
~!

음…

비행기 타도
괜찮을 것 같아요.

왈칵

다행히도 더는
별 말썽이 생기지 않은 채

훌쩍 귀국 날이 다가왔어요.

귀국하는 날, 태국 공항.

태국에서 돌아오는 비행기는
우리나라에서 출발할 때와는 달리

여기서
쉬고 있어요.

브로커 님이 대신
수속을 밟아주셨습니다.

덩그러니

· · ·

그러고 보니

브로커 님이
도와주시는 것도

이게 마지막이네.

비행기엔
공항 직원 분들의 도움을 받아
가까스로 탑승할 수 있었어요.

으악!

휠체어를 탄 채로 자리까지
데려다주셨다.

결국 고생만 하다
가는구나.

놀러 온 건
아니지만…

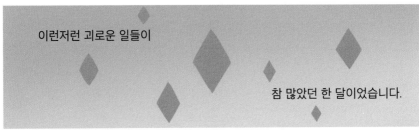

이런저런 괴로운 일들이

참 많았던 한 달이었습니다.

257

그런데,
어째서일까요?

뒤돌아보니,

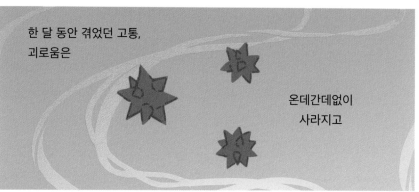

한 달 동안 겪었던 고통,
괴로움은

온데간데없이
사라지고

즐거웠던 기억만이
제 맘속에 자리 잡고 있었습니다.

그렇게나 힘든 일들이
많았는데도 말이에요.

아마도 저는

수술로 인한
한 달 남짓의 고통보다도

그로 인해 얻은 마음의 평화가
더 크고, 소중했던 모양이에요.

저에게 그 한 달은, 잊지 못할 소중한 기억이 되었습니다.

다음에
올 때는

좀 더 자유롭게
다녀보고 싶다.

한국에 돌아와,
마지막으로
집에 가는 버스에
몸을 실었습니다.

덜컹거리는 버스에
몸을 기대고 있으니

한 달 전, 공항으로
떠나던 날이 떠올랐어요.

지금은 잠을
자고 있는 가로등에게

마음속으로 조용히
'다녀왔어.'
인사를 했습니다.

많은 사람들이 트랜스젠더의 수술을
종착지로 생각합니다.

하지만 사실
수술은 종착지가 아니에요.

앞으로 겪어야 할
많은 순간들을 생각하면

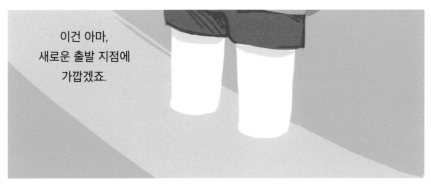

이건 아마,
새로운 출발 지점에
가깝겠죠.

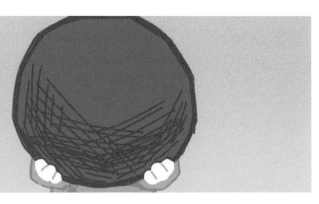

수술이라는
유일한 목표만
생각하며
살아온 저는

그 큰 짐을 내려놓자

쿵!

조금 더 넓은 세상이
보이기 시작했어요.

자유롭기도,
막막하기도 했던,

남들보다 약간 늦게 출발선에 선 그 순간.

어디로 가는 게 정답인지
알 수는 없지만,

그래도 겁먹지 말고

모르겠다!
저쪽으로 가볼래!

당당하게
내 삶의 방향을
찾아나가야지.

앞으로 더 나아질

나를 기대하며.

제2의 생일?

수술을 하고 나면

감사합니다..

제2의 생일!

새출발(?)
하는 거야!

주변에서 이런저런
말들을 많이 듣지만…

사실 수술을 한다고
내 삶이 극적으로 바뀌지는 않습니다.

그대로인데요?

그야,

다음 분~

어차피 아무도 모르거든요.

다채롬 씨죠?

여전히 사람들은 성별을
'겉모습'이나

남자인가?

여자인가?

여자분이군…

'기록'으로 판단하고,

수술을 한 사실은

나만이 알 수 있는
그런 비밀로 남습니다.

달라지는 건 그저
나만이 느끼는 것들.

내 디스포리아*가
일부분 사라지거나,

그래서 스스로를
좀 더 사랑할 수 있게
되거나.

* 323, 326쪽 참고.

하지만 그렇게
'나에게만 의미 있는
작은 이유'들이
너무 절실한
많은 트랜스젠더는

힘든 과정도
아랑곳하지 않고
수술을 감행합니다.

오히려 사회적으로
'새 출발'임을 느끼는
순간은

수술보다는 이후에
진행하는 성별 정정을
마쳤을 때입니다.

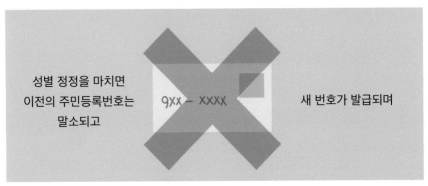

성별 정정을 마치면
이전의 주민등록번호는
말소되고

9xx - xxxx

새 번호가 발급되며

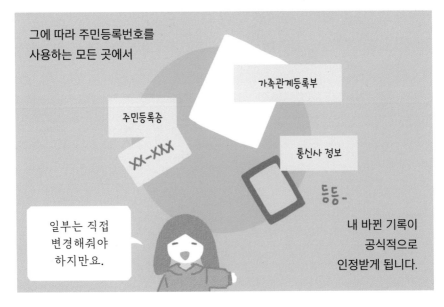

그에 따라 주민등록번호를
사용하는 모든 곳에서

가족관계등록부

주민등록증

xx-xxx

통신사 정보

등등-

일부는 직접
변경해줘야
하지만요.

내 바뀐 기록이
공식적으로
인정받게 됩니다.

호르몬 치료를
진행하여

신체의 변화가
나타나게 되면

죄송한데,
이건 본인이 오셔야 해요.

은행, 병원, 그 외 신분을
확인하는 많은 곳들에서

네? 어…
그러니까…

'본인 확인'에
곤란을 겪는
많은 트랜스젠더들에게

사회적 보호

이러한 성별 정정은
스스로를 보호하고,

앞으로의 삶을
살아가기 위해
꼭 필요한 절차랍니다.

저는
본인 확인을 하거나,
서류를 떼거나,
이런 간단한 것에도
상처를 많이
받았거든요.

성별 정정 이후엔
놀랄 만큼 일상이
편안해졌습니다.

Q. 그럼 성별 정정을 하고
   제일 좋은 점 하나를 꼽는다면?

제일 좋은 거라고
하긴 뭐하지만…

실은 성별 정정을
하기 전 제가 제일
무서워했던 게
하나 있는데요.

그건 바로 제가 죽었을 때, 바라지 않는 성별로
애도받는 것이었어요.

웃기죠? 죽고 난 이후인데.

그치만 그때는
항의할 수도
없을 테고,

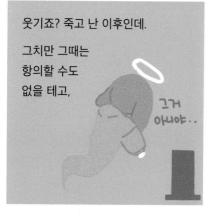

영영 나에 대한 기록이 그렇게
남을 거라는 게…

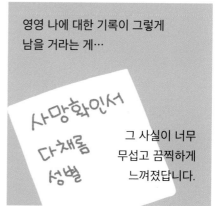

그 사실이 너무
무섭고 끔찍하게
느껴졌답니다.

이젠 저에게 어떤 일이 일어나도,
적어도 나 자신으로 애도받을 수
있겠구나 하는 점이
가장 기쁘고
안심되는 것 같아요.

물론 전
200살까지 살 거라서,
아주아주 먼
나중의 일이지만요.

투명한 감옥

인터넷은 편리한 도구다.

박물관에 있는 멋진 그림도
검색 한 번에 찾아 볼 수 있고

수백 년 전에 죽은
유명한 작곡가들의 음악도
손쉽게 찾아 들을 수 있다.

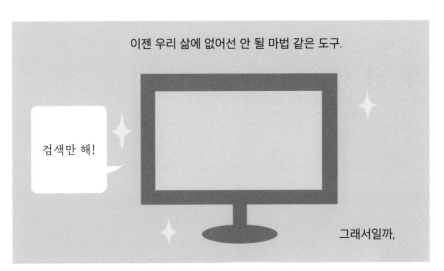

이젠 우리 삶에 없어선 안 될 마법 같은 도구.

검색만 해!

그래서일까,

사람들은 때때로 '사람'에 대한 답도

인터넷에서 찾으려고 한다.

하지만 그런 답이 있을 리가.

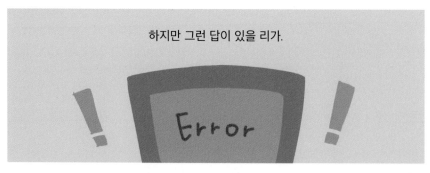

그래서 사람들은

자기가 어떤 대상에 대해 알게 된
자극적인 정보의 조각들을 모아

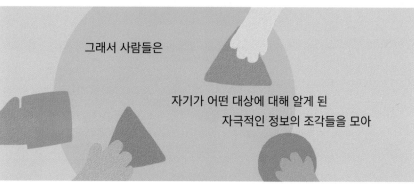

하나의 모양을 만들어낸다.

그렇게 모양을 만들어낸 대상이
우리 사회에서 소수일수록

만들어진 이미지는
많은 사람들에게
공유되어 널리 퍼지고

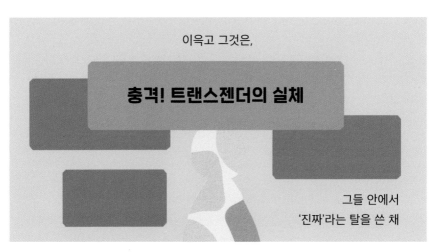

이윽고 그것은,

충격! 트랜스젠더의 실체

그들 안에서
'진짜'라는 탈을 쓴 채

편견이라는 그림자가 되어
사람들의 눈을 가려버린다.

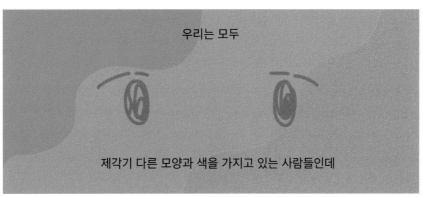

우리는 모두

제각기 다른 모양과 색을 가지고 있는 사람들인데

아!
트랜스젠더시구나!

트랜스젠더는
다들 이러저러하죠?
~!@#$%

트랜스젠더를
많이 만나보셨나 봐요?

아뇨, 처음이에요!

하하하

그 그림자는
앞에 있는 내가 아니라,

머릿속에서 짜깁기된
이미지를 보게 만든다.

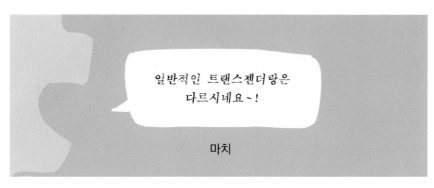

마치

감옥 같나.

스스로를 가두는
보이지 않는 감옥.

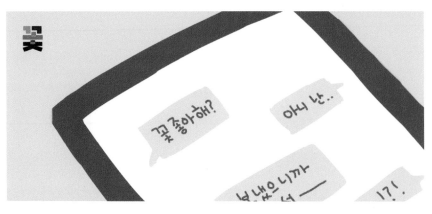

친구에게 꽃을 선물받았다.

곤란하네…

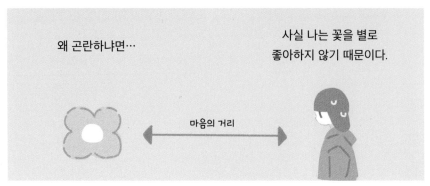

왜 곤란하냐면…

사실 나는 꽃을 별로
좋아하지 않기 때문이다.

마음의 거리

278

이제까지 딱히 주고받을 일도 없었고,
관심을 가지지도 않아서…

보거나
그리는 건 좋지만,

어쩐지 관리도
귀찮을 것 같고…
먹지도 못하고…(?)

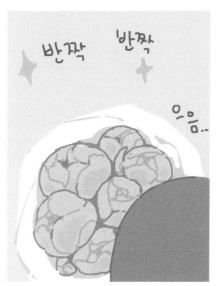

반짝　반짝

으음..

그래도 이왕
받은 거니까…

하..

그러고 보니
꽃병이 있던가?

그렇게 되어

이왕 하는 거
제대로 해야지.

"생화 관리하는 법"

오호라..

새 꽃병도 사고,

잎과 줄기도
잘라주고,

매일 얼음물도
갈아주자

얼마 지나지 않아

오!

꽃이
활짝 피었다.

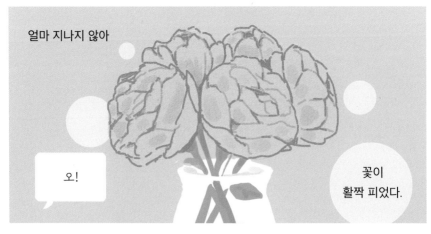

왠지 방이 화사해진 느낌…

꽃봉오리 때도 예뻤는데

다 피니까 또 다르구나.

뭐, 확실히 나쁘진 않네…

기분 전환도 되고

어이구 이쁘다…

찰칵

찰칵

꽃이 완전히 지고…

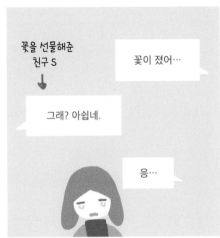
꽃을 선물해준
친구 S
↓

꽃이 졌어…

그래? 아쉽네.

응…

ㅋㅋㅋ 그래도
꽃도 나쁘지 않지?

・・・

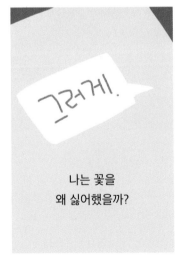
그러게.

나는 꽃을
왜 싫어했을까?

사실 별 이유는 없었다.

저건 분명
신 포도일 거야.

그저 그런, 경험해보지 않았음에도
내가 왠지 '싫어하는' 것으로 치부하는
수많은 것들 중 하나였다.

그리고 직접
경험해보고서야

어?…

나 이거
좋은 거 같아.

그 매력을
깨달았을 뿐이다.

문득
그런 생각이 들었다.

혹시 세상엔 내가 이렇게
지나쳐버린 것들이
아주 아주 많은 게 아닐까?

내가 내 맘속 편견을
조금만 덜어낸다면

나는 어쩌면
여태껏 보지 못한 세상을
볼 수 있을지도 몰라.

그렇게 생각하니,
어쩐지 마음이 조금 두근거렸다.

반짝   반짝

가끔씩 꽃을
꽂아두어야겠다.

나를 긍정한다는 것

주어진 환경 안에서,

이 이상으로

더 어떻게
잘해?

나름 최선을 다해
열심히 살아왔다고 생각하지만

그럼에도 때때로
밀려오는 감정이 있었으니…

좌

악

그건 바로
어린 시절에 대한 아쉬움이다.

미련이

• • •

뚝뚝

287

누군가 자신의
추억을 이야기할 때,

뒤돌아본
나의 그 자리는

혼란스러움 속에서
흘려보내버린,

그래서 너무 많은 것들을
경험하지 못한 채

지나가버린 시간들로
채워져 있어서…

그것이 내게는
너무나도 아쉽고,
아깝게만 느껴진다.

시간이 지나며 그런 감정은 많이 무뎌졌지만,

그래도 사라지진 않고 흐릿한 흉터처럼 남아서

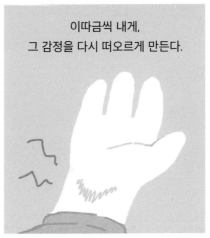

이따금씩 내게,
그 감정을 다시 떠오르게 만든다.

아마 완전히 자유로워지는 날은

예전엔

이것 때문에
많이 울기도 했는데…

영영 안 올지도 몰라.

그렇더라도…

뒤적
뒤적

가리면 그만이지.

ㅎㅎ

짜 잔

지금의 나에게는 내가 트랜스젠더가
아니었다면 알지 못했을 것들이 잔뜩 있고

만나지 못했을
소중한 사람들도 잔뜩 있다.

'만약' 속의 내가 지금의 나보다 더 행복할지는 모르겠지만,

그 사람은 아마…

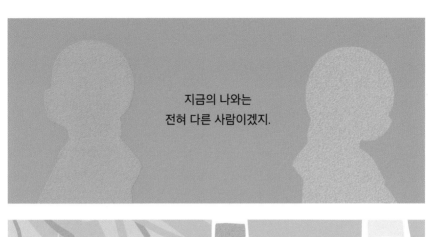

지금의 나와는
전혀 다른 사람이겠지.

즐거운 일,

괴로운 일,

내가 거쳐온
내 삶의 모든 것들이

지금의 날
만들었다는 사실을
받아들이는 것.

그게 나를
긍정하는 거 아닐까?

호잇차!

지금까지 못 해본 것들은
이제부터 차근차근 해나가면 된다고
스스로를 다독인다.

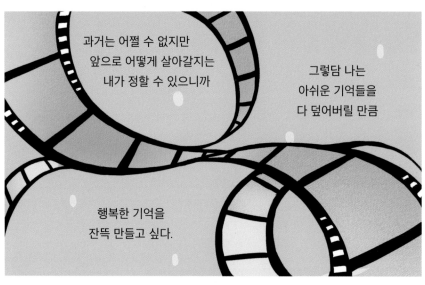

과거는 어쩔 수 없지만
앞으로 어떻게 살아갈지는
내가 정할 수 있으니까

그렇담 나는
아쉬운 기억들을
다 덮어버릴 만큼

행복한 기억을
잔뜩 만들고 싶다.

그래서 가까운 미래엔
예전의 기억을 꺼내도
웃을 수 있는
내가 되었으면.

You Deserve It

누구에게나,

깜박 -

때때로,

아주 길고 긴 터널을
통과하는 것 같은 순간이
찾아옵니다.

앞으로의 미래가 불안하고

앞으로 어떻게 살아야 하지?

정정은 마쳤지만…

남들보다 벌써 몇 년이나 뒤처진 거야?

대학도 못 나오고…

이제 돈도 없는데…

내 그림도 전부 하잘것없어 보여서 자신감이 바닥을 치던 무렵…

마음에 안 들어!!!!

그렇게 아무 발전도 없이 하루하루를 헤매던 저에게

어느 날 파랑쥐가 나타났습니다.

똑 똑

헉!

이 그림 너무 멋지다!

반짝

반짝

...

안 멋져. 그건 망한 거야.

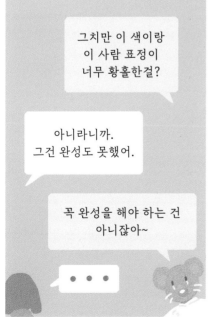

그치만 이 색이랑 이 사람 표정이 너무 황홀한걸?

아니라니까. 그건 완성도 못했어.

꼭 완성을 해야 하는 건 아니잖아~

...

넌 아무것도 몰라.

벌떡

팔랑

296

뭐야!

너 왜 나한테
친절하게 대해줘!

이 가식덩어리!
맘에도 없는 말 하지 마!

빈말 아닌데…
나 빈말 못해!!

…

… 그럼

대체 나한테
왜 이러는데!

무슨
꿍꿍이야!

어… 네 그림이
좋아서?

좀 진정됐어?

응…

자!

• • •

있잖아.

무언가 하면서,

사람이 어떤 이유로
힘들 수는 있어.

남들로 인해서,

경제적으로
어려워서,

몸이
아프거나 해서.

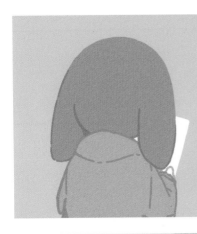

그치만 말이야,

내가 가장 사랑하고,
믿고 의지해야 할 사람이 나인데

그런 나한테서도 믿음을
받지 못해서 힘든 건…

나는 너무
슬픈 일이라고 생각해.

넌 네 그림이 마음에
안 든다고 말하면서도
이렇게 계속, 잔뜩 그려왔잖아?

나는 그런 네 모습이 멋져 보였어.
더 나아지려는 치열한 모습이.

내가 보기에, 넌 충분히
그럴 자격이 있는 사람이야.

그러니 너도 그런 너를
좋아해주면 안 될까?

사람의 의지에는
한계가 있습니다.

아무리 굳게 결심해도 언젠가는 무너지고

때론 원했던 목표 한 발자국 앞에서 주저앉게 될 때도 있어요.

단 한 발자국.

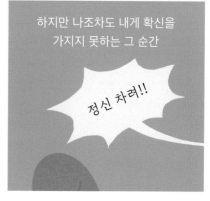

하지만 나조차도 내게 확신을
가지지 못하는 그 순간

정신 차려!!

항상 날 지지해주고, 믿어주던 소중한 사람들이 있었기에…

저는 그 한 발자국을 내딛을 수 있었습니다.

꿈

나는 꿈을 자주 꾼다.

하늘을 날기도 하고,

무서운 것들에게 쫓겨
절벽에서 떨어질 때도 있고

으아아악!!

비현실적인
멋진 풍경을 보는 날도 있다.

때로는 그림에 대한
영감을 받는가 하면

너무 무서운 나머지 일어나서
벌벌 떨 때도 있지만

왠지 그런 꿈조차 잊어버리는 게 아쉬워서
기억나는 꿈은 전부 적어두고는 한다.

그리고 정말 가끔씩은,
그런 꿈을 꾼다.

책상?

꿈속에서 나는 트랜스젠더가 아니다.
그게 아니면 누구도
내 정체성을 문제 삼지 않고

뭐해?

지금은 연락이 끊긴
친구들이 나오기도 하면서

내가 바라던 대로
학창 시절을

즐겁게 보내는 꿈이다.

별거 아닌 일로
친구랑 웃거나,
싸우기도 하고

때로는 시간이 더 흘러
멋진 어른이 되거나,

가본 적이 없는
대학 생활을 하기도 하고…

꿈인데도 너무 생생한 감정들을 느끼며
그렇게 행복한 시간을 보내다가

어느 순간 꿈에서 깨어버린다.

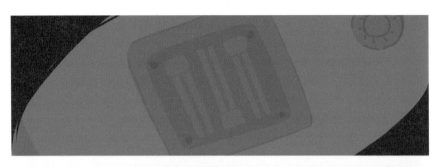

아… 꿈이구나…

꿈에서 깨어나면

너무나 생생하던 기억들이

빠르게
희미해져가는 게
느껴진다.

나는 그게
너무나 아쉽고,
아쉬워서…

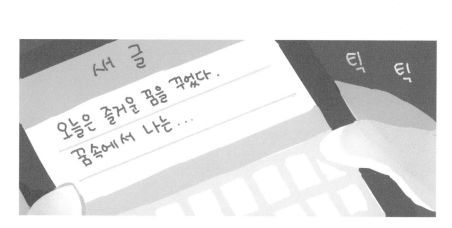

우리는 모두

제각기
다른 빛깔을
가지고 있습니다.

그런 사람들이
모여 사는 이 세상은

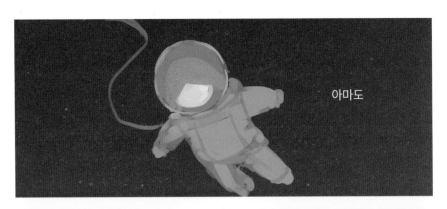

아마도

우리가
생각하는 것보다

훨씬 다채로운 모습을
하고 있을 거예요.

얼마 전, 5년 뒤의 저에게 보내는 편지를 썼습니다.
제가 바라는 미래의 모습을 그려보며 작은 소망들을 꾹꾹 눌러 담
았습니다.
이제는 가물가물 그 내용도 기억이 잘 나지 않고,
그 소원들을 몇 년 뒤의 제가 다 이룰 수 있을지도 모르겠지만…
이 책을 씀으로써, 적어도 한 가지는
과거의 제가 예상하지 못했던 것을 할 수 있게 되었네요.

이 이야기를 그리게 된 계기는 제 트랜지션 과정을 기록해두고 싶
었기 때문입니다.
그때 겪었던 일이나, 느꼈던 감정이 그저 시간이 지나며 휘발되어
가는 걸 바라지 않았습니다.
그 기억은 제가 때때로 힘들어 무너질 때, 저에게 다시 일어설 힘을
주곤 하거든요.
'혼자 외국까지 가서 그 고생도 했는데, 이까짓 것이 뭐라고?'
어려운 일이 생길 때마다 그렇게 생각하면 마음이 한결 가벼워지곤
합니다.

출간은커녕, 누군가가 봐주기는 하려나? 생각하며 그렸던 이야기가
SNS에서 생각보다 좋은 반응을 받았을 때는 깜짝 놀랐고,
이렇게 준비 기간을 거쳐 결국 책으로 나올 수 있었던 건
저에겐 과분한 많은 우연이 겹친 결과라고 생각해요.
그리고 아마, 그 무엇보다도 큰 우연은
지금 이 책을 봐주시는 분들이 있다는 것이겠지요.
이 우연이 어떤 결과를 가져오게 될지 저는 궁금합니다.

끝으로 제 이야기를 발견해주신 편집자님,
도중에 갈피를 잡지 못해 포기하고 싶었을 때 용기를 낼 수 있게 도
와준 친구들,
그리고 자료 조사에 도움 주신 분들, 제 일상을 지켜봐주신 모든 분
들에게 감사를 전합니다.

다채롬

부록

트랜스젠더—이 단어를
모르는 사람은 이제 거의 없지만

무슨 뜻인지
아세요?

알죠.

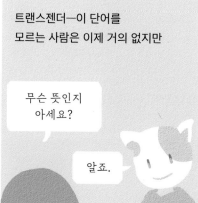

그 의미를 제대로 아는 사람은
의외로 적습니다.

그게 뭘까요?

남→여
아닌가요?

그…
성전환수술
한 사람

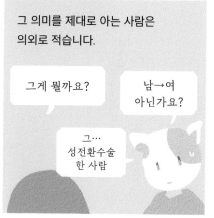

Q. 다음 중 진짜 트랜스젠더는 누구일까요?

A. 수술은 하지 않을 거지만, 내 정체성은 남성이야.

B. 수술은 할 생각이지만, 나는 여성 남성 어느 쪽에도 속하지 않아.

C. 나는 수술을 마쳤고, 내 정체성은 여성이야.

D. 수술할 생각 없어. 여성 남성 어느 쪽도 아니야.

정답은 전부랍니다.

엥?

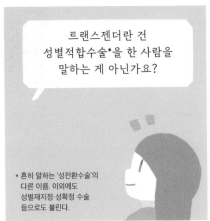

트랜스젠더란 건
성별적합수술*을 한 사람을
말하는 게 아닌가요?

* 흔히 말하는 '성전환수술'의
다른 이름. 이외에도
성별재지정·성확정 수술
등으로도 불린다.

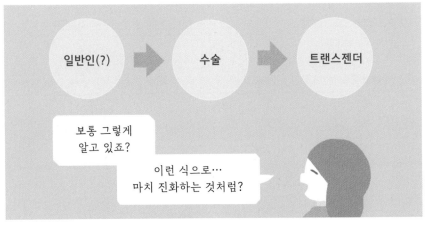

일반인(?) ➡ 수술 ➡ 트랜스젠더

보통 그렇게
알고 있죠?

이런 식으로…
마치 진화하는 것처럼?

하지만 그렇지 않답니다.

드르륵

트랜스젠더의 정의를 이해하려면,
우선 '출생지정성별'이란 것을
알 필요가 있어요.

쨍!

출생지정성별

우리는 모두 태어났을 때의
신체 상태에 따라서 병원에서
성별이 구분되고, 이후 서류에
기재되잖아요?

으아앙!

어디 보자…

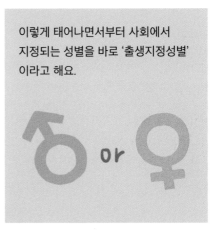

이렇게 태어나면서부터 사회에서
지정되는 성별을 바로 '출생지정성별'
이라고 해요.

이 출생지정성별이 본인의 성별정체성과 일치할 경우 '시스젠더'
불일치할 경우 '트랜스젠더'로 정의하는 거랍니다.

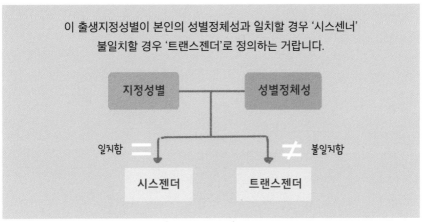

아, 하지만
이 '출생지정성별'이라는
단어를 쓸 때는
주의가 필요해요.

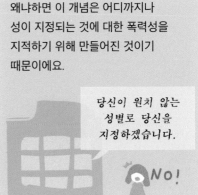

왜냐하면 이 개념은 어디까지나
성이 지정되는 것에 대한 폭력성을
지적하기 위해 만들어진 것이기
때문이에요.

당신이 원치 않는
성별로 당신을
지정하겠습니다.

NO!

보통 트랜스젠더, 인터섹스 당사자들이 다음과 같은 용례로 사용하는 단어이므로

나는 출생 시에
(여성/남성)으로
지정되었지만

나의 성별정체성은
그것과 달라.

그건 내게
무의미한 개념이니까,

나를 내 출생지정성별로
부르거나, 대하지
말아줬으면 좋겠어.

누군가의 출생지정성별을 캐묻거나, 그 성별로 지칭하고 그룹화하는 등의 사용법은
트랜스젠더 당사자에게 큰 상처를 줄 수 있는 심각한 오용례이니 주의!

어쨌든 넌 출생지정성별이
(여성/남성)인 거지?

그런 질문은
하지 마!

또한 흔히들 아는
MTF(남→여, 트랜스여성),
FTM(여→남, 트랜스남성)
외에도

스스로를 이분법적인 성별로
생각하지 않는
'논바이너리 트랜스젠더'도
존재하며

자신을 트랜스젠더로 정의하지만
'바디 디스포리아'를 느끼지 않는
사람들도 있습니다.

Q. '바디 디스포리아'란?
A. 트랜스젠더가 자신의 신체에 강한
불쾌감을 느끼는 증상이에요.

많은 트랜스젠더가 이것 때문에
괴로워하는 것으로 알려져 있지만,
모두가 그런 건 아니랍니다.

디스포리아를 느끼지 않는
트랜스젠더는 굳이 불필요한 수술
과정을 거치지 않기도 하지요.

수술 계획?
없는데?

당연하지만, 트랜스젠더에게
수술 여부를 직접적으로 묻는 건
실례가 될 수 있는 발언이니
주의해주세요!

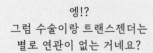

엥!?
그럼 수술이랑 트랜스젠더는
별로 연관이 없는 거네요?

정답!

수술을 하기 전이든 한 이후든,
수술 의향이 있든 없든,

겉으로 보이는 성별이
어떻든 간에,

여자?

남자?

지정성별에 대한 위화감, 또는
불일치감을 느끼고, 시스젠더로
살아가기가 불가능한 사람들을

FTM

MTF

NON-
BINARY

전부 트랜스젠더로
정의할 수 있는 것이지요.

많은 사람들의 생각 이상으로
훨씬 넓고 포괄적인 개념이랍니다.

너무 복잡해요!

그럴 수 있죠.
그래서 용어를
정리해봤어요.

트랜스젠더 transgender

출생지정성별과 성별정체성이 서로 다른 사람.
굉장히 포괄적인 개념이며 수술 여부나 디스포리아 유무는 정의와 관계없다.

시스젠더 cisgender

출생지정성별과 성별정체성이 일치하는 사람.
트랜스젠더가 아닌 사람을 의미한다.

출생지정성별 sex assigned at birth

출생 시 사회적으로 지정되는 성별. 그것이 내 의사와는 무관하게 잘못 붙여진
이름표라는 의미를 나타내기 위해 만들어진 단어. 성별 지정의 폭력성을
지적하기 위한 목적을 가지고 있으므로 '생물학적 성별'의 대체어로 사용하는
건 부적절하다. 시스젠더의 경우 법적 성별과 지정된 성별이 일치하므로
굳이 사용할 필요가 없으며, 이 지정된 성별로 트랜스젠더를 지칭하는 것은
당사자에게 매우 불쾌할 수 있으므로 사용에 주의할 것.

성별정체성 gender identity

스스로를 특정 성별로 인식하는 정체성.
여성, 남성, 혹은 그 이외의 정체성도 가질 수 있으며 출생지정성별과 일치하지
않을 수 있다. 이런 경우 그 사람을 트랜스젠더로 정의한다.

트랜스여성 MTF, Male to Female

남성으로 지정되었으나 여성의 성별정체성을 가지는 사람.
MTF라는 표현을 싫어하는 트랜스젠더도 존재하므로 '트랜스여성'이라는
표현을 권한다.

트랜스남성 FTM, Female to Male

여성으로 지정되었으나 남성의 성별정체성을 가지는 사람.
FTM이라는 표현을 싫어하는 트랜스젠더도 존재하므로 '트랜스남성'이라는
표현을 권한다.

논바이너리 트랜스젠더 non-binary transgender

여성과 남성의 이분법적 성별 구분을 벗어난 성별정체성을 가지는 사람. 특정 성별로 호칭하는 것이 실례일 수 있으니 당사자의 의견을 듣자.

트랜지션 gender transition

트랜스젠더가 사회적인 성별을 바꾸는 일련의 과정을 의미한다. 호르몬 치료, 성별적합수술 등의 의료적인 과정은 '의료적 트랜지션'이라고 부른다.
이는 디스포리아를 완화하기 위해 많은 트랜스젠더가 거치는 과정이지만 모든 트랜스젠더에게 필요한 것은 아니다.

젠더 디스포리아 gender dysphoria

스스로의 성별에 대한 위화감으로 겪는 불쾌감을 의미한다.
크게 신체적·사회적 디스포리아로 구분되며 그 강도는 사람마다 다양하다.
전혀 느끼지 않는 사람도 존재하지만 심한 경우 자신의 신체를 바라보지 못할 정도로 극심한 혐오감을 느끼기도 한다.

성적 지향 sexual orientation

어떤 성별의 사람에게 끌림을 느끼는가를 의미한다. 성별정체성이란 표현을 성적 지향의 의미로 오용하는 경우가 잦지만, 성별정체성과는 전혀 다른 의미를 갖고 있는 별개의 단어이다.

패싱 passing

특정한 집단의 구성원으로 받아들여진다고 인식되는 것.
트랜스젠더와 관련해서 사용될 때에는 겉보기성별이 성별정체성과 같다는 의미, 즉 겉보기에 타인에게 성별정체성대로 인식된다는 의미. 예를 들어 트랜스여성(MTF)이 여성으로 타인에게 인식될 경우 "(여성으로) 패싱되었다" 같은 표현을 사용할 수 있다.

뭐가 참 많죠?
다 외우지 않아도 괜찮아요!
찬찬히 보면서 이해해봐요!

만약…

있잖아요,

사실 전
트랜스젠더
예요!

트랜스젠더를 만나게 되면
어떻게 대해야 할까요?

어떻게 해야 서로 불편하지 않게
대화할 수 있을까요?

어…
그게…

일단, 너무 복잡하게
생각하지 마세요.

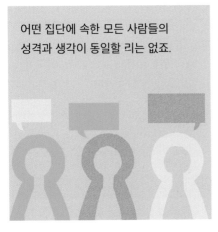

어떤 집단에 속한 모든 사람들의
성격과 생각이 동일할 리는 없죠.

그건 트랜스젠더도 마찬가지예요.

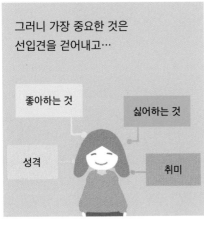

그러니 가장 중요한 것은
선입견을 걷어내고…

좋아하는 것

싫어하는 것

성격

취미

내 앞에 있는 상대방을
제대로 바라보는 것입니다.

그리고…

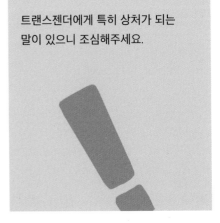

트랜스젠더에게 특히 상처가 되는
말이 있으니 조심해주세요.

크게 두 가지가 있는데요,
바로 '미스젠더링'과 '데드네이밍'입니다

미스젠더링 Misgendering

트랜스젠더의 성별정체성과는 다른 성별로 그 사람을 지칭하는 것. 미스젠더링을 당하면 트랜스젠더는 불쾌감과 공포를 느낄 수 있다.

데드네이밍 Deadnaming

트랜스젠더가 개명을 했을 경우, 개명한 이름이 아닌 개명 이전의 원하지 않는 이름으로 부르는 것. 개명 이전이라도, 정해둔 이름이 있다면 그렇게 불러주는 것이 좋다.

Q. 왜 하지 말아야 하나요?

원치 않는 성별로 불려온 트랜스젠더들은 성별 호칭에 더욱 민감한 경우가 많습니다.

그런 트랜스젠더를 옳지 않은 성별로 지칭하는 건 당사자에게 굉장히 큰 상처가 될 수 있어요.

그런 일을 당한 트랜스젠더는 자신이 존중받지 못한다고 느끼게 됩니다.

다시는 안 만나야지

이름 또한 마찬가지예요.
이름은 나의 삶과 긴밀하게 연관되어 있습니다.

그렇기에 과거의 이름에는 떠올리기
싫은 시간의 흔적이 잔뜩
묻어 있기도 해요.

그런 이름을 일부러 부르는 것은…
그 상처들을 다시 건드리는
일일 수 있습니다.

아악

이렇게 말하니 거창한 것 같지만,
사실 조금만 생각하면 너무나
기본적인 예의랍니다.

안녕하세요

상대방이 트랜스젠더가 아니라도,
타인의 성별과 이름을 내 맘대로
부르면 안 되니까요.

저는 A라고 합니다.

네! B씨!

…?

하지만 앞서 설명한 적이 있는

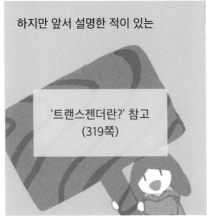

'트랜스젠더란?' 참고
(319쪽)

'논바이너리 스펙트럼'에 속한
정체성을 갖는 트랜스젠더라면

이런 호칭을 크게 신경 쓰지 않는
경우도 있습니다.

어떤 호칭도 완벽히
적합하진 않거든요.

그런 경우에는 역시 당사자와
대화를 해보는 게 가장 좋겠지요?

어떻게 부르는 게
좋아요?

서로를 알려는 노력은
정말로 중요합니다.

많은 오해는, 서로에 대한
작은 무지에서
비롯되기도 하니까요.

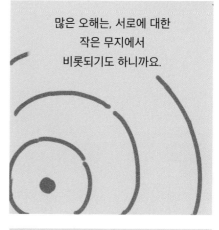

서로를 잘 모르면…

더 낯설게 느껴지기도 하고,

더 무섭게
느껴지기도 하며,

나도 모르게
상처를 주거나,

상처를 받을 수도 있죠.

그러니,
그렇게 되지 않도록…

약간의 거리를 두고,
서로 조금씩 알아가기부터 시작해보는 거 어때요?

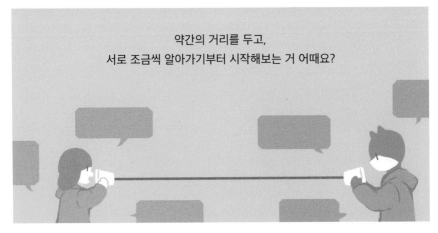

정체성을 찾고,
해방감과 큰 기쁨을 느끼더라도

신제석인 니스포리아는 쉽게
사라지지 않습니다.

디스포리아는 꼭 파도 같아서,
언제 그랬냐는 듯이 잠잠하다가도

순식간에 거대해져서
나를 집어 삼키곤 합니다.

너무나 괴로운 그것을
조금이나마 완화시키기 위해서

많은 트랜스젠더는 '의료적 트랜지션'
과정을 거치게 됩니다.

그 과정은 크게
이렇게 구분됩니다.

① 정신의학과 진단	② 호르몬 치료
③ 외과 수술	④ 성별 정정

그 첫 번째 과정에 대해
알아볼게요.

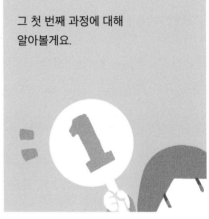

의료적 트랜지션 과정은
정신의학과 병원에서 진단서를
떼면서 시작하게 되는데,

진료를 받기 전에 몇 가지
주의 사항이 있습니다.

우선, 정신과는 되도록이면 트랜스젠더 진단 경험이 있는 곳을 고를 것.

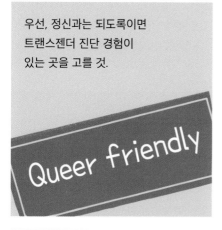

트랜스젠더 진료 경험이 없는 곳으로 가게 되면, 진단을 거절당하거나…

저희는 그런 검사 안 해요.

원하는 것과 다른 진단명을 받는 경우도 있다고 해요.

이게 아닌데…?

실제로 저 또한 아무것도 모르고 가까운 병원으로 갔다가 진단에 실패한 경험이 있습니다.

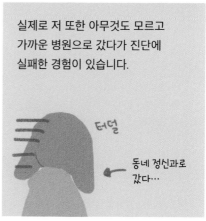

터덜

동네 정신과로 갔다…

또한 청소년의 경우에는 부모의 동의를 받아야만 검사를 진행할 수 있고,

OK

그 비용 또한 상당히 비싸므로 제대로 준비를 하고 가야 합니다.

적게는 20만 원가량부터 많게는 50만 원까지. 병원마다 차이가 있어요.

적합한 병원을 찾아 예약 후 내원하면,

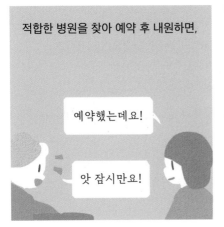

예약했는데요!

앗 잠시만요!

흔히 '풀배터리'라고 하는
종합 심리검사를 받게 됩니다.

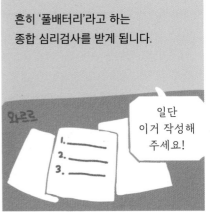

일단
이거 작성해
주세요!

풀배터리Full Battery 검사란?

- 웩슬러 지능검사
- 다면적인성검사(MMPI)
- 문장완성검사(SCT)
- 그림검사(HTP)
- 벤더게슈탈트검사(BGT)
- 로샤검사(Rorschach)

등으로 이루어진…

여러 가지 다양한
심리검사를 통해서
피검사자의 입체적인
심리를 파악하고 진단하는
종합 검사입니다.

500개가 넘는 문항을 풀고

아니요

예

약간
그렇다

문장을 만드는 검사와

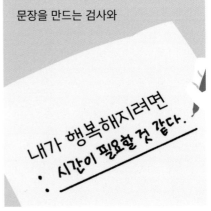

내가 행복해지려면
시간이 필요할 것 같다.

다양한 그림을
이용한 검사를 한 후,

이게 무슨
그림일까요?

글쎄요…

의사 선생님과
상담을 하게 됩니다.

원장실

안녕하세요…

거기
앉으세요.

상담에서는 주로,

젠더 디스포리아를 느끼거나
정체성을 확신한 시기, 이후의 계획
등에 대한 질문을 받게 되며,

언제부터
그런 생각을?

언제
확신했죠?

이후 계획은?

의사가 상담 중에 겉모습이나
태도 등도 꾸준히 관찰하므로

아…
그게

어릴 적부터
…

너무 긴장하지 말고,
자연스럽게 응하면 됩니다.

상담을 문제없이 마치고,
심리검사에서도 별다른
정신적 문제가 없다고 판단되면

감사합니다!

몇 주 뒤 진단서가 나옵니다.
(진단 방식, 소요 시간 등은 병원마다
다소 차이가 있을 수 있습니다.)

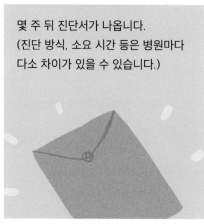

이후의 트랜지션 과정을 진행하는 데
문제가 없는 진단 코드는
'한국표준질병 분류번호 F64.0'으로

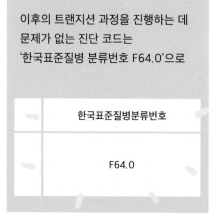

한국표준질병분류번호
F64.0

진단명은 성전환증, 성 주체성 장애,
성별위화감(Gender Dysphoria)
등으로 표기됩니다.

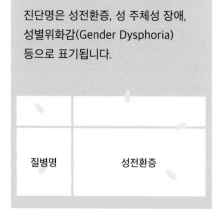

질병명	성전환증

이렇게 적혀 있는 진단서를 받으면,
드디어 본격적인 의료적 트랜지션을
시작할 수 있습니다.

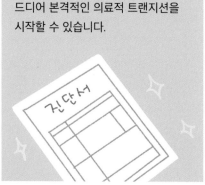

Q. 그렇다면 트랜스젠더는 정신질환자인가요?

음…

현재(2022년) 한국에서는 트랜스젠더가 여전히 정신질환으로 분류되어, 정신과 진료가 필요한 것이 맞습니다.

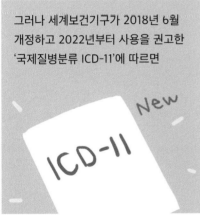

그러나 세계보건기구가 2018년 6월 개정하고 2022년부터 사용을 권고한 '국제질병분류 ICD-11'에 따르면

New

ICD-11

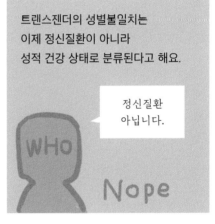

트랜스젠더의 성별불일치는 이제 정신질환이 아니라 성적 건강 상태로 분류된다고 해요.

정신질환 아닙니다.

WHO

Nope

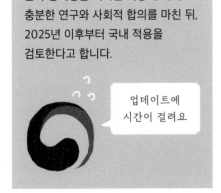

한국 통계청은 이러한 내용에 대해 충분한 연구와 사회적 합의를 마친 뒤, 2025년 이후부터 국내 적용을 검토한다고 합니다.

업데이트에 시간이 걸려요

"트랜스젠더 정체성이 더는 정신장애가 아니라는 점은 명백하며, 그렇게 정의하는 일은 트랜스젠더에 대한 엄청난 사회적 낙인을 유발할 수 있다."

- 세계보건기구(WHO)

진단서를 얻었으니…

이제 두 번째 단계를
시작합시다.

① 정신의학과 진단	② 호르몬 치료
③ 외과 수술	④ 성별 정정

Q. 호르몬 치료란?
약물을 이용하여
원치 않는 성호르몬을
억제시키고,

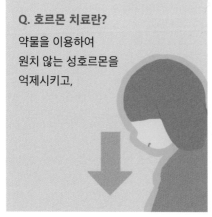

다른 성호르몬을 투여해서
몸을 변화시키는
치료입니다.

실질적인 의료적 트랜지션의
첫 번째 단계로,
만족도가 높은 과정이에요.

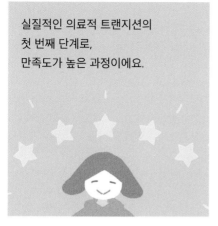

하지만 이 호르몬 치료에도
꼭 염두해야 할 주의사항이 있습니다.

호르몬 치료로 변화한 신체는
영구히 되돌릴 수
없을지도 모르기 때문에

일방통행

여러 가지를 고려해 아주 아주
신중하게 시작해야 하며,

몸 상태

인간관계

미래

수술

또 주기적인 검진이 필요하기에
아무리 마음이 급하더라도

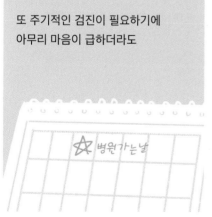

병원가는날

반드시 의사의 지시를 따라서
진행해야 한다는 것입니다.

운동하셔야
할 것 같아요.

헉…

절대로 혼자 시작하거나
과용량을 투여하면 안 돼요!

Q. 그러면 아무 병원이나 가서
시작하면 되는 건가요?

그러면
좋겠지만…
그렇지 않습니다.

왜냐면… 트랜스젠더를 위한 의료를
행할 수 있는 매뉴얼을 가진 병원이
굉장히 적기 때문이에요.

NO

트랜스젠더 호르몬
치료 하나요?

그중에서도 트랜스젠더를 편견 없이
제대로 진료할 지식을 갖춘 병원은
정말 전국에서도 몇 찾아보기
힘들 정도입니다.

여기도 틀렸나…

그래서 병원 정보가 트랜스젠더들
사이에서 종종 공유되기도 하고,

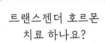

여기 뚫어두었어!

감사합니다!

몇몇 유명한 병원에 전국 각지의
트랜스젠더가 진료를 받으러
가는 것도 드문 풍경이 아니랍니다.

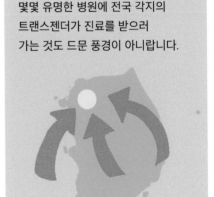

서울 가서 주유하고* 올게.

지방 사는 친구

엉!

* '호르몬 주사를 맞는다'는 뜻의 은어

트랜스젠더 진료! 지금 시작하시면 그야말로 블루오션!!!?

호르몬 치료가 가능한 병원을 찾아가서 진단서를 제출하면

진단서

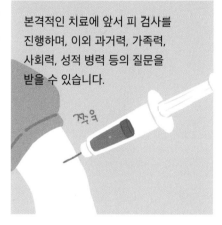

본격적인 치료에 앞서 피 검사를 진행하며, 이외 과거력, 가족력, 사회력, 성적 병력 등의 질문을 받을 수 있습니다.

쭉욱

이는 환자의 전체적인 건강 상태를 체크하고, 성호르몬 수치를 확인하여 약의 투여량과 주기를 조절하며, 또 치료 이후의 위험을 예방하기 위해서예요.

검사 결과
Testosterone : 0.22
Estradiol(E2) : 309.30

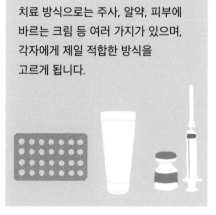

치료 방식으로는 주사, 알약, 피부에 바르는 크림 등 여러 가지가 있으며, 각자에게 제일 적합한 방식을 고르게 됩니다.

치료를 시작하면 찾아오는 변화는 다음과 같아요.

트랜스남성 FTM

- 변성기
- 월경 중단
- 근육량 증가
- 피부 유분 증가, 여드름
- 체모가 굵어지고 수염이 남
...

트랜스여성 MTF

- 유방 성장
- 발기력 저하
- 근육량 감소
- 피부 유분 감소
- 체모가 가늘어짐
...

호르몬 치료의 효과는
사람마다 다소 차이가 있으며

트랜스여성의 경우
호르몬만으로
목소리가 크게
바뀌진 않는답니다.

아-
아-

그 외, 양쪽에 모두 일어나는 변화로는
체지방 재배치, 난임 등이 있습니다.

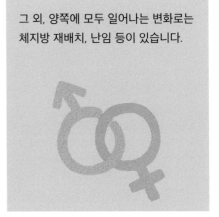

또한 사춘기가 지난 성인에의
호르몬 치료는 골격까지 변화시키지는
못합니다.

투약된 성호르몬은 간에서 대사되므로
간 기능에 영향을 줄 수 있는 약물이나
음주, 흡연은 피하는 게 좋습니다.

친한다
히히~

호르몬 치료를 진행하고
변화가 생기는 건 정말 기쁜 일입니다.

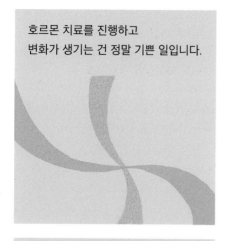

처음 변화가 생겼을 때는 저도
정말 뛸 듯이 기뻤던 기억이 나요.

하지만 그건 그만큼,
타인에게 내 정체성을 숨기기
어려워진다는 얘기기도 합니다.

그래서 이 시기에 많은 트랜스젠더가
커밍아웃을 구체적으로
준비하기도 하지요.

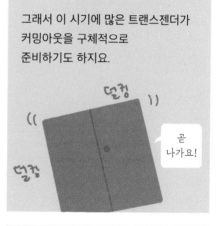

보통 이렇게 호르몬 치료를
약 1년 정도 진행하고 나서,
수술비가 충분히 모이면…

드디어 외과 수술을
진행하게 됩니다.

사실 성장기 이후에 이루어지는
호르몬 치료의 효과에는
한계가 있습니다.

특히 키나,
골격이
말이죠…

그래서 트랜스젠더의 존재가
더 가시화된 나라에서는, 일정 기간
사춘기에 이차성징을 일으키는
성호르몬을 차단하여 트랜스젠더
아동이 정체성을 재확인할 시간을
가지게 하기도 합니다.

물론 이러한 치료 방법에는
여러 가지 우려의 목소리도 있는 게
사실이에요.

부작용이 생기면
어떡하냐!

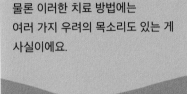

하지만, 그렇다면, 선택지를
가지지도 못한 채로 원치 않는
이차성징에 따라 변한 몸으로
평생 살아가야 할 우리는요…?

많은 트랜스젠더가
지금도 겪고 있는, 평생에 걸친
정신적 고통은 무시당해도
괜찮은 걸까요?

이런 상태로
살고 싶지 않아…

그저 앞으로 다가올 미래에,
누군가는 조금 더 넓은 선택지를
가질 수 있으면 좋겠습니다.

트랜지션 과정
③ 외과 수술

의료적 트랜지션 과정에서
제일 큰 비중을 차지하는
외과 수술은…

흔히 '성전환수술'이라고도 불리며
디스포리아를 줄이고,
성별 정정을 하기 위한 목적으로
하게 됩니다.

100M

의료적 트랜지션을 희망하는
많은 트랜스젠더들이
하기를 바라지만

드디어!

또 그만큼 무서워하기도 하는
과정이에요.

무서워…

잘못되면
어쩌지…

347

아무리 내가 원해서 한다고 한들,
몸에 칼을 대는 큰 수술입니다.
무섭지 않을 리가 없죠.

또한 외과 수술은 디스포리아를
줄여주는 등 많은 트랜스젠더에게
긍정적인 의미가 있지만,

수술을 희망하지 않는 사람이나,
비용을 마련하지 못해
수술을 할 수 없는 사람에게는
성별 정정을 가로막는
커다란 벽으로
남기도 합니다.

지금은 일단,
수술에 대해 알아볼게요.

① 정신의학과 진단	② 호르몬 치료
③ 외과 수술	④ 성별 정정

트랜스남성의 경우 ♂

※주의: 저는 전문적인 의학 지식을 가지고 있지 않으므로
간단한 순서와 수술의 종류만 정리했습니다. 자세한 사항은
직접 병원에서 상담을 받아주세요!

트랜스남성은 성별 정정을 하기 전에
유방절제술, 자궁난소절제술을
주로 국내에서 진행하게 됩니다.

해외로 나가지
않아도 돼요.

① 유방절제술

'탑수술'이라고도 불리며 유선 조직을 제거하고 평평한 가슴 모양을 만드는 수술이에요.

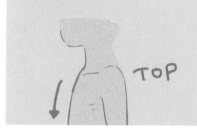

유륜절개, 유방밑주름절개, 겨드랑이 절개, 완전절개 등 다양한 수술법이 있으며

이러한 수술 방법은 유선과 유두의 크기, 호르몬 치료 여부 등에 따라서, 혹은 병원이나 의사, 환자의 선호에 따라 달라지기도 합니다.

② 자궁난소절제술

자궁과 난소를 적출하는 수술입니다. 트랜스남성이 우리나라에서 성별 정정을 하기 위해 거쳐야 하는 절차예요.

한국에서는 '생식 기능 상실'을 거의 필수적으로 요구하기 때문입니다.

수술 방법으로는 복부를 절개하지 않고 질을 통해서만 적출하는 질식적출,

절개하지 않아요!

배꼽 및 복부에 구멍을 내서 절제하는 복강경수술 등이 주로 사용된다고 해요.

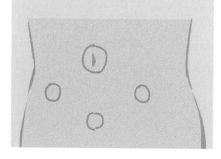

트랜스여성에 비해
트랜스남성은 성기 성형을 하는
경우가 드문데,

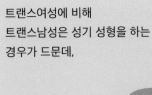

트랜스남성의 성기 성형은
비용이 더 비싸고,
시간도 비교적 오래 걸리며

존재하지 않는 성기 조직을 만들어야
하고, 요도의 길이를 연장해야 하기에,
수술의 난이도와 위험성이 높기
때문이에요.

이런 이유로 2013년 법원에서는
성기 성형을 하지 않은 트랜스남성
5명의 성별 정정을 허가했고,

그 판례가 남아 트랜스남성의 경우
현재는 성기 성형 없이도 성별 정정에
성공하는 사례가 많아졌습니다.

선례가
있으니…

정정을 허가합니다.

물론 아직은…
판결이 판사의
재량에 달려 있기에
통과되지 않는
경우도 있지만요.

그래도 이런
선례가 많이
생기는 게
중요하겠죠?

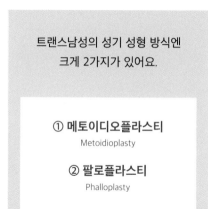

트랜스남성의 성기 성형 방식엔
크게 2가지가 있어요.

① 메토이디오플라스티
Metoidioplasty

② 팔로플라스티
Phalloplasty

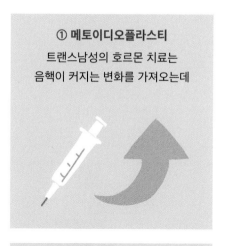

① 메토이디오플라스티
트랜스남성의 호르몬 치료는
음핵이 커지는 변화를 가져오는데

그것을 이용해
페니스의 모양을 만들고

질을 폐쇄한 후 요도를
앞쪽으로 연장시켜
완성하는 수술입니다.

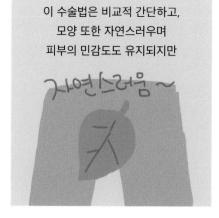

이 수술법은 비교적 간단하고,
모양 또한 자연스러우며
피부의 민감도도 유지되지만

평균적으로
아주 작은 크기의 성기밖에
만들 수 없다는 단점이 있어요.

351

② 팔로플라스티

이 수술은 피판술을 이용한 성기 성형 방식이에요.

Q. 피판술이란?
다른 부위의 신체 조직을 떼어내 필요한 곳에 이식하는 수술법으로, 신체가 손상되거나 결손된 사람을 대상으로 주로 사용됩니다.

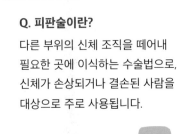

하복부, 팔, 허벅지, 종아리 등에 요도가 될 조직을 만들기 위한 카테터를 삽입한 후

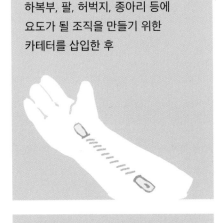

상처가 다 아물면 그 부분의 살을 떼어내어 성기의 모양을 구축하는 수술법입니다.

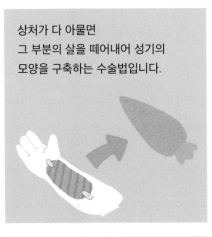

이 방식으로는 큰 사이즈의 성기를 만들 수 있지만, 몇 개월에 걸쳐 수술 부위를 꾸준히 관리해야 하며

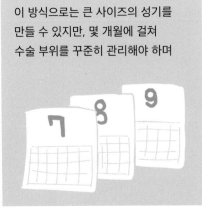

조직을 떼어낸 부분에 큰 흉터가 남고, 또 성기의 감각이 비교적 떨어진다고 해요.

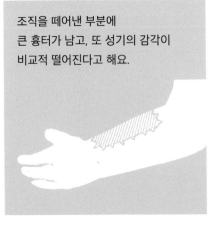

트랜스여성의 경우

트랜스여성은 수술을 하지 않고
성별 정정을 통과한 선례가
1번밖에 없으므로 사실상 무조건
수술을 해야 합니다.

아직까지는 우리나라보다
태국의 성기 성형 기술이
좋다고 알려졌기에

대부분의 트랜스젠더들은
수술 건수가 많은 태국으로 가서
수술을 받곤 합니다.

트랜스여성의 성기 성형 방식에는
크게 3가지가 있으며, 여기에서는
앞의 두 수술법만 설명하겠습니다.

① 음경피부반전술
Penile skin inversion

② S상결장 이용 질성형술
Sigmoid vaginoplasty

③ 복막 이용 질성형술
Peritoneal vaginoplasty

① 음경피부반전술

환자의 음경, 음낭의 피부만을
이용하는 수술법으로,

음경의 피부를 벗겨낸 후,
반전시켜 내부, 외부의 성기 모양을
구축합니다.

이 방식은 비용이 비교적 저렴하고, 과정이 손쉬워서 예전에 많이 쓰이던 수술법이라고 해요.

비교적 저렴할 뿐, 비싼 건 같습니다.

다만, 수술 당사자의 성기 상태가 적합해야 해요. 음경, 음낭의 피부가 부족하면 진행하기 힘든 수술입니다. 아이러니하죠.

싫어서 제거하는데 사이즈가 커야 한다니…?

② S상결장 이용 질성형술

S상결장의 일부를 잘라내어 이식해 구축될 성기의 내부로 사용하는 방식입니다.

이 수술법은 이전의 수술법과 달리 성기의 크기에 영향을 받지 않고

수축 가능성이 더 낮으며 다이레이션* 등 수술 이후의 관리도 비교적 원활하기에 많은 사람이 선호합니다.

요즘 대부분의 트랜스여성이 선택해요.

* 241쪽 참고.

하지만 이 수술법은 결장을 잘라내기 위해 복강경, 개복 등의 조치를 추가로 진행할 필요가 있고

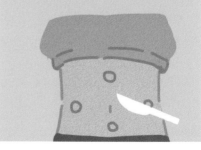

복부 지방이 많거나, 결장 이식이
불가능한 사람은 수술을 받기
어렵습니다.

비만인 트랜스젠더

장 이식이
불가능한 사람

이처럼 다양한 수술법이 있지만,
사실 어느 것이든 부작용이 있고
완벽하다고는 할 수 없습니다.

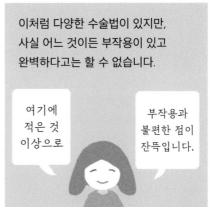

여기에
적은 것
이상으로

부작용과
불편한 점이
잔뜩입니다.

그러니, 만약 수술을 고려한다면
더 많이 생각하고 신중히
결정해주세요. 반드시요!

트랜지션은
마법 같은 결과를
가져다주지
않습니다!

또한 이외에도
다른 추가 외과 수술이 필요한
케이스도 더러 있습니다.

- 성형수술
- 목소리 수술
- 기타 등등

주로 패싱이 어려운 트랜스젠더가
이런 추가 수술을 하게 되는데,
트랜스여성의 경우가 좀 더 많습니다.

남잔가?

여잔가?

그 이유로는 테스토스테론으로 인한
변화가 비교적 강력하므로
여성으로 패싱되는 데 방해가 될
확률을 높이기 때문이며

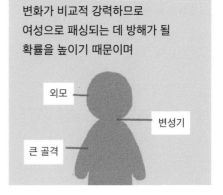

외모

변성기

큰 골격

355

이것은 트랜스여성이 사람들의 눈에 더 잘 인식되는 이유 중 하나가 되기도 합니다.

물론 어디까지나 그런 경향이 있다는 이야기일 뿐 패싱은 개인차가 크며 그로 인해 고통받는 건 다들 같답니다.

아직 우리 사회에서는 트랜스젠더임이 드러나면 많은 문제가 생깁니다.

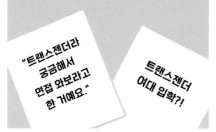

그렇기에 패싱은 트랜스젠더가 앞으로의 삶을 살아가는 데 정말 중요하고, 또 필수적인 부분입니다.

이런 이유로 많은 트랜스젠더는, 트랜지션을 마친 이후 자신의 정체성이 알려지는 걸 꺼리지요…

이렇게 외과 수술을 전부 마치고 나면 의료적 트랜지션 과정은 끝나고…

마지막으로 등록된 성별 기록을 바꾸는 성별 정정 과정을 거치게 됩니다.

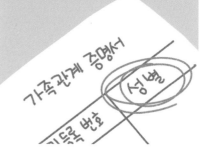

성별 정정!
트랜스젠더의 긴 트랜지션 과정에
종지부를 찍는 일이에요.

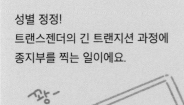

법적 성별을 바꾸는 깃은
트랜스젠더가 사회로 나가기 위해,

이력서는
잘 봤습니다.

그런데…

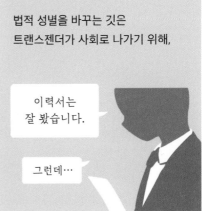

평범하게 살아가기 위해 꼭 필요하고
가장 중요한 과정입니다.

왜 성별이
■■(으)로
적혀 있어요?

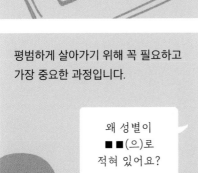

이런 경험을
다시는 겪지
않도록요.

그 과정을
알아볼게요.

성별 정정은 가정법원에
'등록부 정정 허가'를 신청하여
진행할 수 있으며

서류를 10가지 이상 제출해야 하니,
미리 준비해둘 필요가 있습니다.

현재 성별 정정에 필요한 서류 목록은 다음과 같아요.(2022년 1월)

필수제출서류

등록부정정허가 신청서
주민등록등(초)본
가족관계증명서
기본 증명서

참고서류

성장 환경 진술서
가족 진술서
인우 보증서
인우보증인의 등본
수술 확인서

국내 의사 소견서
정신과 진단서
출입국 사실 증명서
혼인관계 증명서
신용정보 조회서
병적 증명서(MTF)

Q. 왜 이런 서류들이 필요한가요?

현재 트랜스젠더의 성별 정정과
관련된 법이 존재하지 않기에,
판사가 '사무처리지침'을
참고해서 재량으로
판결합니다.

위의 목록은 그 조건을 확인하기 위한
기본적인 서류들이에요.

'사무처리지침'의
참고사항을 간단하게
알아볼게요.

① 정체성으로 인한 지속적인 고통과
반대 성에 대한 귀속감을 느꼈고,
성전환증으로 진단받았을 것.

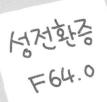
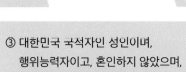

② 의료적 조치를 진행했으며
생식 기능을 상실하였고,
재전환의 가능성이 없을 것.

③ 대한민국 국적자인 성인이며,
행위능력자이고, 혼인하지 않았으며,
미성년자인 자녀가 없을 것.

④ 범죄 또는 탈법 행위에 이용할
의도나 목적이 없을 것.

이 서류들에 필요한 몇 가지 사항과
작성 요령을 짚어볼게요.

별표 5개!

성장환경 진술서

아주 중요한 참고 서류예요!
성 정체성의 혼란을 느꼈던 성장기의
이야기를 2~3장 작성하면 됩니다.

어릴 적 디스포리아를 처음 느낀
순간부터, 수술을 하기까지의 과정을
상세히 적고,

저는 어릴 적부터…

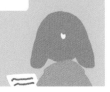

마지막으로 수술 이후의 삶에
만족한다는 취지의 진술을 작성해
주시면 좋아요!

트랜지션하고
내 인생이
달라졌다!

가족진술서·인우보증서

성장환경 진술서와 비슷한 느낌으로,
조금 더 짧게 타인의 입장에서
작성을 요청해주시면 좋습니다.
인우보증인의 경우 등본이 필요해요!

수술확인서

지금까지 받은 트랜지션 관련
수술 확인서가 필요합니다.
수술한 병원에서 발급 가능하며
외국에서 받았다면 번역본을
준비해야 합니다.

국내 의사 소견서

수술을 받은 사실과, 생식 능력이 없고
이후에도 그것이 회복될 가능성과
재전환의 가능성이 없음을 명시하여
적어달라고 요청해주세요!

병적증명서

트랜스여성의 경우, 제대를 했거나
면제 상태여야 성별 정정이 가능해요.
수술 후 미리 신체검사를 받아
면제를 받아두세요!

서류를 다 준비했다면 이제
가정법원에 신청을 할
차례입니다.

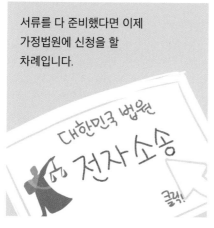

가정법원의 '등록부 정정 허가 신청서'
를 양식에 맞게 작성한 후 신청합니다.

방문, 우편, 인터넷으로
신청할 수 있어요.

이때는 신청자의 등록기준지(주소)에
따라 법원이 지정되는데

등록기준지는 가족관계증명서,
기본증명서에서 확인 가능해요!

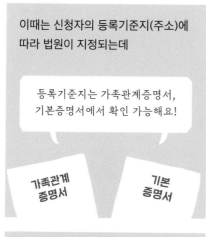

판결이 판사의 재량에 달려 있기 때문에,
허가를 잘 내주는 판사를 찾아
등록기준지를 변경하는 일도 있습니다.

나 여기서 통과됨!

헉 어디예요!

감사합니다!

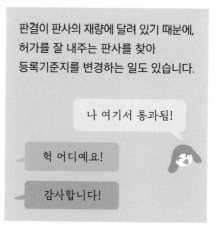

서류를 전부 제출하고
기다리면…

판결 전에 심문 기일이 잡힙니다.
(저는 2~3달 정도 기다렸고, 기간은
법원마다 차이가 있는 것 같아요.)

X월 XX일
출두하시오.

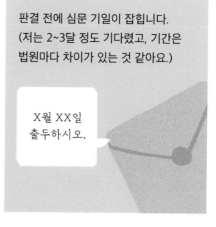

그리고 정해진 날, 법원에 출두하여 판사의 몇 가지 질문에 답해야 합니다.

심문 내용은 개인차가 있으며
성장환경 진술서와 일관된 이야기를
진술하면 됩니다.

언제부터
이런 생각을…

어릴 적부터…

심문 후 만약 보정할 서류가 있다면
추후 보정해서 내고,

더 이상 성별 변경에 의문점이 없으면
정정 판결이 나옵니다.

주 문
등록기준지의 사건본인 다채롬의
가족관계등록부 중 특정등록사항란의
성별란에 "남"으로 기록된 것을
"여"로 정정하는 것을 허가한다.

하지만 이렇게 판결이 나온다고
전산상의 내 모든 정보가 저절로
변경되는 건 아니랍니다.

변경은
셀프(Self)입니다.

허가가 난 후 1달 안에 구청에 방문 혹은 '전자가족관계시스템'에 접속해서 법원에서 받은 결정문을 신고해야 해요.

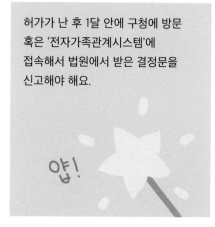

법원에 제출했던 건 등록부를 정정하기 위한 '허가'를 받는 재판을 신청한 것이고,

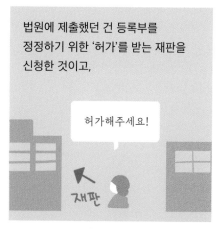

이번에 하는 신고는 법원의 판결로 허가를 받은 이후 실질적인 정보의 변경을 요구하는 신청서입니다.

법원이 허락해줬어요!

신고

신청하고 나면 전산 정보가 바뀌는 데 몇 주가량이 소요되며, 그동안에는 공문서로 본인 확인이 힘드니 주의하세요!

신청민원인의 정보가 해당 시군구에 존재하지 않습니다

공공기관의 정보가 무사히 변경되면, 가족관계증명서 등 공문서를 뽑아 확인할 수 있으며

바뀐 정보를 확인!

가족관계 증명서

마지막으로 이 변경된 개인정보를 가지고 민간 기관에 기록되어 있는 기존의 정보를 일일이 바꿔주는 과정을 거쳐야 합니다.

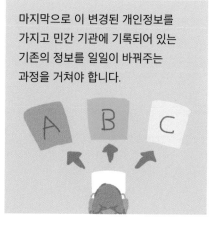

이때, 주민등록번호가 바뀌었기에
본인 확인이 안 되니 반드시 정정 내용이
포함된 초본 등을 준비해주세요!

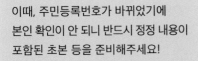

혹시 다채롬 님
본인이 같이
계신가요?

본인입니다.

당연하지만… 주민등록번호를
바꿔달라고 요청하는 일은,
그럴 때마다 원치 않게 내 정체성이
알려진다는 이야기입니다…

마지막
고비입니다

화이팅…

제일 먼저 할 일은 사진을 찍고
주민등록증 재발급을 신청해 임시
신분증을 받는 거예요.

주민등록증
대용으로
사용 가능!

임시 신분증과 초본 등으로
다른 신분증, 통신사, 은행 등의
정보를 우선적으로 변경합니다.

△△통장

운전면허증

이후 온라인상의 내 정보들을
바꿉니다. 주민등록번호를 변경하려면
직접 문의를 해야 하며, 번거롭다면
새로 가입하는 것도 좋아요.

이렇게 모든 정보를 바꾸고 나면,
기나긴 트랜지션 과정이
막을 내리게 됩니다.

신분세탁   완료!

불과 몇 년 전만 해도 성별 정정 서류를 준비하는 과정에서 부모의 동의서가 필수적으로 필요했다는 걸 아시나요?

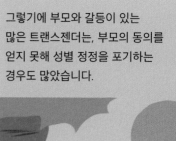

그렇기에 부모와 갈등이 있는 많은 트랜스젠더는, 부모의 동의를 얻지 못해 성별 정정을 포기하는 경우도 많았습니다.

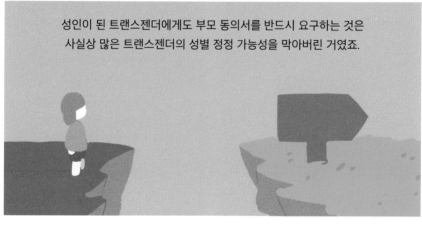

성인이 된 트랜스젠더에게도 부모 동의서를 반드시 요구하는 것은 사실상 많은 트랜스젠더의 성별 정정 가능성을 막아버린 거였죠.

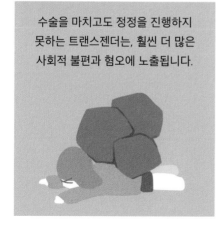

수술을 마치고도 정정을 진행하지 못하는 트랜스젠더는, 훨씬 더 많은 사회적 불편과 혐오에 노출됩니다.

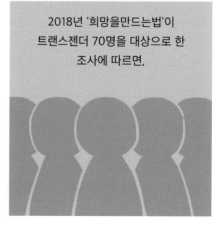

2018년 '희망을만드는법'이 트랜스젠더 70명을 대상으로 한 조사에 따르면,

이러한 부모 동의서로 곤란을 겪은 사람은 무려 응답자의 45.7%에 달했다고 해요.

45.7%

그동안 얼마나 많은 문제가 있었을지, 어렵지 않게 짐작할 수 있는 수치입니다.

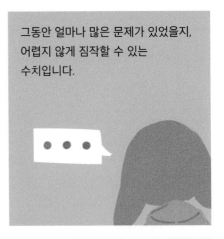

다행히도 2019년 개정된 지침에서는 부모 동의서가 필수 서류에서 빠졌고, 다른 필수 서류들 또한 현재의 참고 서류로 바뀌었으며

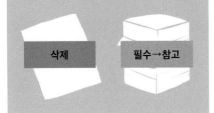

삭제

필수→참고

또, 2년 뒤인 2021년에는 무려 생식 능력을 없애지 않고도 성별 정정이 처음으로 허가되는 선례가 생겼습니다.

> "…생식능력의 비가역적인 제거를 요구하는 것은 성적 정체성을 인정받기 위해 신체의 온전성을 손상하도록 강제하는 것으로 자기결정권과 인격권, 신체를 훼손당하지 않을 권리 등을 지나치게 제약한다."

물론 여전히 성별 정정이 굉장히 어려운 데에 큰 변화가 없는 게 현실이지만

그래도 세상은 아주 천천히, 조금씩이나마 바뀌어가고 있습니다.

언제인가 한국에 트랜스젠더가
몇 명이나 있나 궁금해서 한번
찾아본 적이 있습니다.

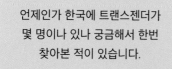

결과는… 없었습니다.

트랜스젠더가 사회에 등장하고
널리 알려진 지 꽤 오랜 시간이
지났는데도…

하리수 씨
2001년 데뷔

통계는커녕, 조사하려는
시도조차 없었다는 건
꽤 충격이었습니다.

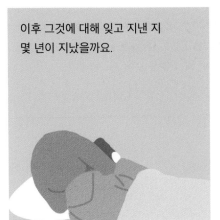

이후 그것에 대해 잊고 지낸 지
몇 년이 지났을까요.

우연히 최근에 같은 주제를 다시
찾아보니, SBS에서 한국의 성별 정정
인구를 조사한 적이 있더라구요!

일부 지자체에서 정보 공개를 거절해,
완벽한 데이터는 아니었지만

그래도 이런 시도를 했다는 게
저에겐 참 기쁜 소식으로
다가왔습니다.

웬일이래…?

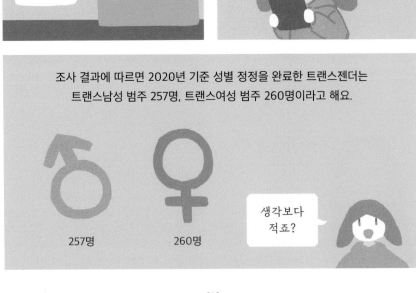

조사 결과에 따르면 2020년 기준 성별 정정을 완료한 트랜스젠더는
트랜스남성 범주 257명, 트랜스여성 범주 260명이라고 해요.

257명

260명

생각보다
적죠?

성별 정정 과정은 너무 어렵고 힘들기 때문에, 사실 그 인구가 적은 것도 충분히 이해가 갑니다.

* '트랜지션 과정' ①~④ 참고

그럼 성별 정정을 하지 않은 트랜스젠더는 대체 얼마나 존재하는 걸까요?

여전히 정확한 수치를 알 수는 없지만…

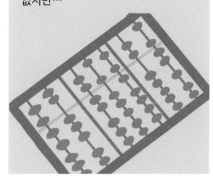

외국 조사의 통계치를 이용해 추정을 해볼 수는 있어요.

① 일본

일본의 경우는 성별 정정 조건이 한국과 굉장히 유사하다고 해요.

외과 수술 요구

그런 일본의 성별 정정률은 전체 트랜스젠더 인구의 약 13.2%로 추산된다고 합니다.

13.2%

한국에서도 그 정도의 비율로
성별 정정이 이루어졌다고 생각하고
계산하면, 트랜스젠더가 약 6000명
이라는 결과가 나오지만…

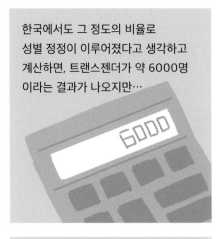

이는 한국 전체 인구의
0.01% 정도에 지나지 않죠.

만 명 중 하나라니
너무 적지 않나요?

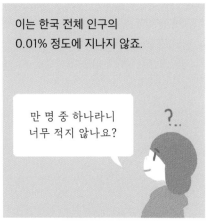

② 미국
미국의 경우 다양한 연구와
여러 주에서 조사한 결과를 종합하여

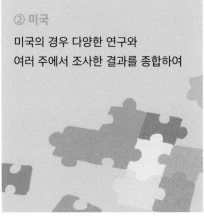

트랜스젠더의 수를 전체 인구의
약 0.3%로 추정하고 있어요.

1000명 중   무려 3명!

이를 한국 전체 인구에 대입하면
무려 20만 명이라는 숫자가
나온답니다.

와글 와글

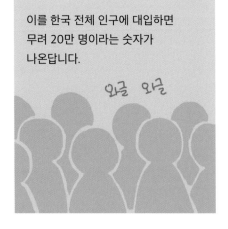

일본의 경우에 대입해서 계산한
6000명과는 차이가
많이 나죠?

개인적으론, 사실 미국의 조사 규모가 더 큰 만큼, 더 현실적인 수치에 가까우리라 예상하지만…

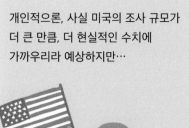

두 나라 모두 우리나라와는 여러 가지 면에서 차이가 있기에

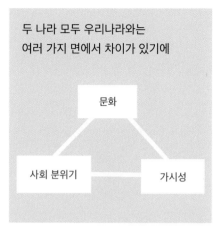

문화

사회 분위기　가시성

어느 한쪽의 결과가 우리나라에 완전히 들어맞는다고 할 수는 없겠지요.

어쩌면 미국의 추정치보다도 많을 수도 있구요.

비록 정확히는 알 수 없지만 최소 6000명, 어쩌면 20만 명 이상까지.

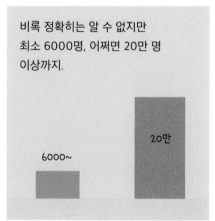

6000~

20만

일상 속에 존재하는 트랜스젠더는 우리 눈에 보이는 것보다 많을 것으로 생각됩니다.

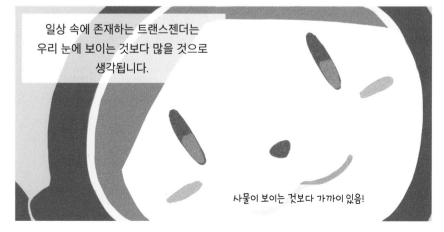

사물이 보이는 것보다 가까이 있음!

저는 호르몬 치료를 시작한 지가
10년 가까이 되었습니다.

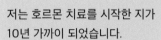

전 그때부터
왕복 6시간이 걸리는 거리에 있는
병원에 다니고 있어요.

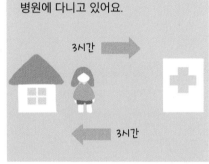

제일 바쁠 때는 일주일에 6일 일을
하면서 하루 쉬는 날에 병원을
다녀오곤 했지요.

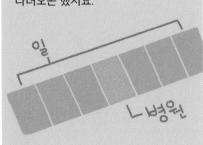

병원을 왜 그렇게
먼 곳으로 다녀요?
근처에 병원이 없나요?

병원이야 있죠.

그럼 왜…?

그 이유를 지금부터 알아볼게요.

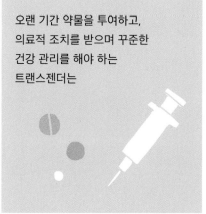

오랜 기간 약물을 투여하고, 의료적 조치를 받으며 꾸준한 건강 관리를 해야 하는 트랜스젠더는

문녕 의료 서비스와 밀접해야 할 대상입니다.

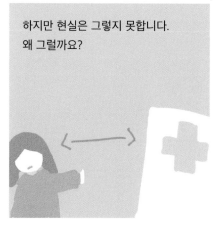

하지만 현실은 그렇지 못합니다. 왜 그럴까요?

트랜스젠더가 병원에 가면 여러 문제가 생기게 됩니다.

무슨 일로 오셨나요?

여기가 아파서요…

호르몬 치료를 진행한 후,

어디 보자…
어라?

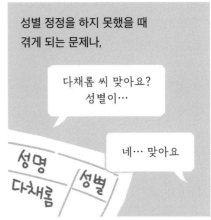

성별 정정을 하지 못했을 때
겪게 되는 문제나,

다채롬 씨 맞아요?
성별이…

네… 맞아요

…그렇군요, 혹시 드시는
약 같은 거 있으세요?

…어, 네?

그러니까,
드시는 약이요.

?

그냥
말하지 마!!

말 안 했다가
무슨 일 생기면
어떡해!

어.. 그게..

적합한 진료를 위해 커밍아웃을
해야 한다든가 하는
문제요.

말 안 했다가
무슨 일 생기면
어떡해!

그게…
실은 제가…

374

그리고 그렇게 자신의 정체성이 드러난 트랜스젠더는
여러 가지 불필요한 일들을 겪게 됩니다.

성인 트랜스젠더 90명을 대상으로
조사한 결과, 78명이 최근 5년간
감기, 복통 등 일반적인 증상으로
병원을 이용했고

그중 28명(35.9%)이 부적절한
질문, 비난, 의료 거부 등의
차별을 받았다고 해요.

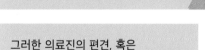

그러한 의료진의 편견, 혹은
차별적 태도에 대한 두려움으로 인해

트랜스젠더 262명 중
112명(42.7%)이 의료기관 방문을
회피, 또는 연기한 적이 있다고
응답했습니다.

기다리면 낫겠지…

환자가 단지 '트랜스젠더'라는 이유로
겪게 되는 일들입니다.

또한 이 수치는 환자가
의료적 트랜지션을 위해
병원에 방문했을 때
더욱 커집니다.

375

의료적 트랜지션을 목적으로
의료기관에 방문한 트랜스젠더 71명 중
51명(71.8%)이 차별을 경험했으며,

그중 의료진의 지식이 부족해
진료받지 못한 경험은 28명(54.9%)

의료적 조치를 거부당한 경우가
10명(19.6%)이나 된다고 해요.

그렇기에 많은 트랜스젠더들은

거리에 상관없이 트랜스젠더에 익숙한
병원을 찾아가곤 합니다.

한국의 의료교육 과정에는
트랜스젠더와 관련된 내용이
전무하므로

신체의 상태가
어떠한가?
(성별적합수술을
거쳤는가?)

어떤 검진을
받아야 하는가?

어떤 병에
취약한가?

트랜스젠더는 여전히 의료사각지대에
머물러 있습니다.

언젠가는 편하게
집 앞 병원에 갈 수 있게
되면 좋겠어요.

슬슬 약 타러
가야겠군…

트랜스젠더와 의료보험 이야기

세계 118개국 중 45개국에서
트랜스젠더의 의료적 트랜지션 비용을
의료보험으로 보장해주는 것,
혹시 알고 계셨나요?

그렇다면 뛰어난 의료보험 제도로
유명한 우리나라의 상황은 어떨까요?

놀랍게도, (혹은 예상한 대로) 하나도
보장해주지 않습니다.

심지어 우리나라는 다른 나라들보다
훨씬 까다로운 성별 정정 기준을
내세우고 있는데도요.

**성별 정정 사무처리지침
- 생식 기능을 제거할 것**

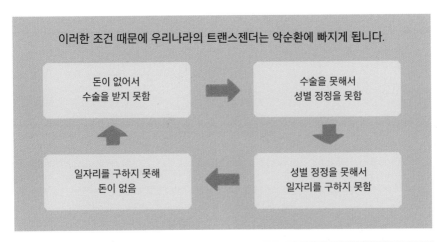

이러한 조건 때문에 우리나라의 트랜스젠더는 악순환에 빠지게 됩니다.

트랜스젠더가 부모의 지지를 얻고, 나아가 수술비를 지원받는 경우는 매우 드뭅니다.

특히 나이가 어린 트랜스젠더의 경우, 자력으로 수술 비용을 모으는 건 거의 불가능에 가깝죠.

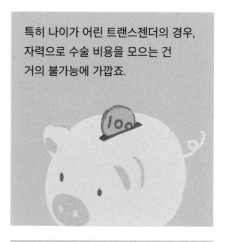

한국 성인 트랜스젠더 278명을 대상으로 한 연구에 따르면 응답자의 49%가 연평균 1999만 원 미만의 소득을 올리며

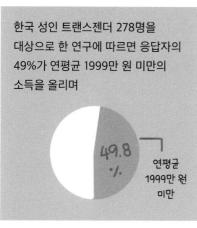

응답자의 46.6%가 실업, 또는 무직 상태에 있고, 30.8%가 비정규직인 상태라고 해요.

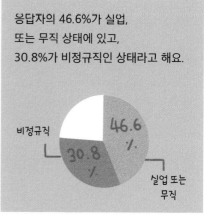

많은 트랜스젠더는 열악한 의료 접근성과 의료 복지, 그리고 가난 속에서 힘겹게 생을 이어가고 있습니다.

이를 개선하기 위해서는 지금보다 더 나아간 고민이 필요하다고 생각됩니다.

트랜스젠더와 범죄

종종 이런 글을 보게 됩니다.

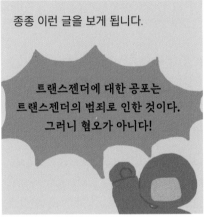

트랜스젠더에 대한 공포는 트랜스젠더의 범죄로 인한 것이다. 그러니 혐오가 아니다!

하지만 이런 오해와는 달리 트랜스젠더의 범죄율이 시스젠더보다 높다는 근거는 없습니다.

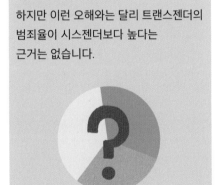

또한 한국에서 성별 정정을 하기 위해서는 큰 범죄 기록이 없어야 하기에…

범죄기록

성별 정정을 바라는 트랜스젠더는 그런 일들에 오히려 더욱 예민해질 수밖에 없죠.

착하게 살자!!!

380

그러한 편견과는 다르게, 오히려
트랜스젠더는 법의 보호를 받기 힘들며

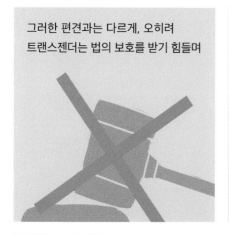

그로 인해 범죄에 무방비하게
노출되는 집단입니다.

사례를 하나
들려드릴게요.

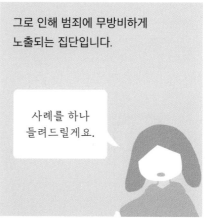

1996년
트랜스여성이 남성 여럿에게
성폭행을 당한 일이 있었습니다.

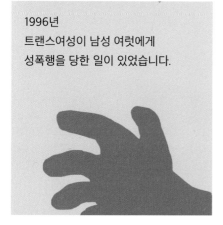

피해자는 성별적합수술을 마쳤으며,
여성으로서의 삶을 영위해나가고 있다는
점이 인정되었음에도,

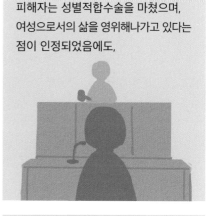

법원은 트랜스젠더 여성에게
생식 기능이 없으므로 강간죄의
객체인 '부녀'로 인정되지
않는다며

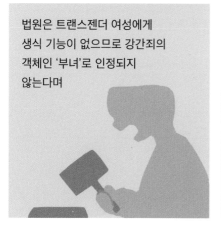

가해자에게 강간죄에 대한
무죄를 선고했습니다.

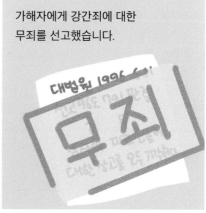

트랜스젠더 여성을 대상으로 한
성폭력에 강간죄가 적용된 것은

그로부터 13년이나 지난 2009년이
처음이었습니다.

고작
13년 전…

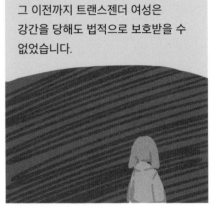

그 이전까지 트랜스젠더 여성은
강간을 당해도 법적으로 보호받을 수
없었습니다.

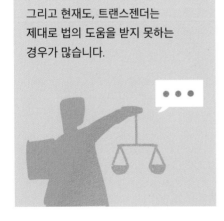

그리고 현재도, 트랜스젠더는
제대로 법의 도움을 받지 못하는
경우가 많습니다.

트랜스젠더가 겪는 범죄는, 그 과정에서
아웃팅이나 사회적 비난을
피하기 어렵고

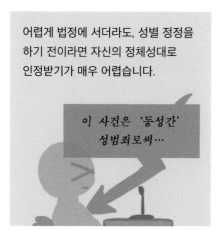

어렵게 법정에 서더라도, 성별 정정을 하기 전이라면 자신의 정체성대로 인정받기가 매우 어렵습니다.

이 사건은 '동성간' 성범죄로써…

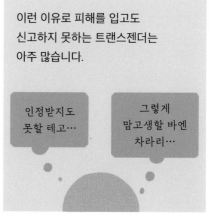

이런 이유로 피해를 입고도 신고하지 못하는 트랜스젠더는 아주 많습니다.

인정받지도 못할 테고…

그렇게 맘고생할 바엔 차라리…

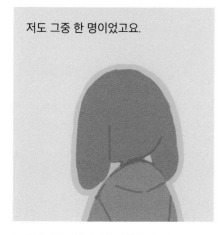

저도 그중 한 명이었고요.

또 다른 사례를 하나 들려드릴게요.

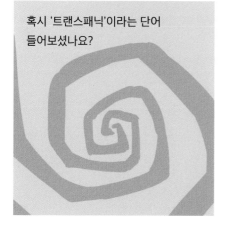

혹시 '트랜스패닉'이라는 단어 들어보셨나요?

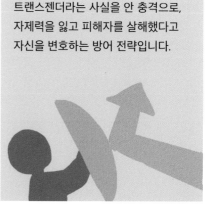

트랜스젠더라는 사실을 안 충격으로, 자제력을 잃고 피해자를 살해했다고 자신을 변호하는 방어 전략입니다.

주로 트랜스젠더의 가시화가 많이
이루어진* 미국 등에서 나타나지만,
한국에서도 이런 일이 있었습니다.

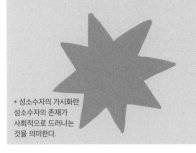

* 성소수자의 가시화란
성소수자의 존재가
사회적으로 드러나는
것을 의미한다.

이때 많은 매체에서 가해자의 주장을
그대로 되풀이하며, 마치 그 행동에
정당성을 실어주는 것 같은 기사를 냈죠.

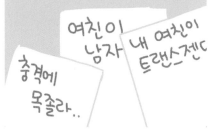

더 어이없는 건, 자신의 혐오를
여과 없이 드러내며 스스로를 방어하는
이러한 태도를

이럴 생각은
아니었는데 너무
놀라서 그만…

이 사회는 상당 부분 받아들여준다는
점입니다.

근데 솔직히 충격
받을 만한 것 같…

미리 말을
했어야지

미국의 2015년 보고서에 의하면
트랜스젠더 응답자의 절반(47%)에
가까운 사람들이, 일생 동안 1번 이상
성폭행을 당했다고 해요.

물론 저는 이런 사례들을 통해
트랜스젠더가 무결한 집단이라고
말하고 싶은 게 아닙니다.

그런 집단이
세상에
어딨겠어요.

하지만 사람들이 잘 알지 못하고 타자화되는 대상일수록, 이 사회가 쉽게 용인해주는 일들이 있습니다.

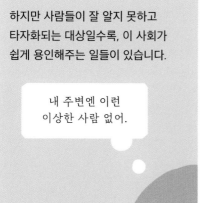

내 주변엔 이런 이상한 사람 없어.

그건 개인의 문제가 과하게 대표되고, 이윽고 소수자 전체의 이미지가 되어버리는 일들이에요.

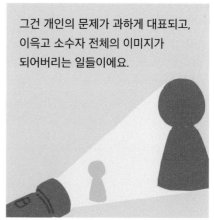

그렇게 무지와 편견에서 비롯된 공포는 이윽고 혐오로 변하곤 합니다.

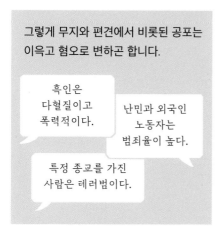

흑인은 다혈질이고 폭력적이다.

난민과 외국인 노동자는 범죄율이 높다.

특정 종교를 가진 사람은 테러범이다.

저는 우리가 이런 현상을 스스로 경계할 수 있게 되길 바랍니다.

이게 사실일까?

그들은 정말 그렇게 공포스럽고, 혐오스러운 존재들일까요?

그 답을 찾는 것이 온전히 나의 몫이길 바랍니다.

화장실은 누구에게나 너무나도
당연하고 필수적인 공간입니다.

화장실은
어디 있나요?

저쪽이요.

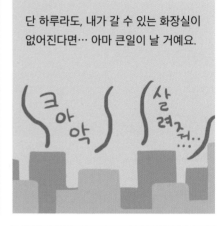

단 하루라도, 내가 갈 수 있는 화장실이
없어진다면… 아마 큰일이 날 거예요.

크아악

살려줘…

그런데 여기, 그런 괴로움을 겪는
사람들이 있습니다.

트랜스젠더가 화장실과 관련해서 겪는
일들에 대해 알아볼게요.

문제는 트랜스젠더가 트랜지션을
시작한 이후,

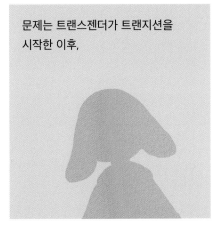

신체의 변화가 생기고 정체성에 맞게
패싱되면서 발생합니다.

이제 이쪽으로 가면
소란이 생길 레고…

이쪽은 법적으로
문제가 생길 수도…

둘로 나누어진 화장실 중
어느 쪽으로도 가기 힘든 상황.

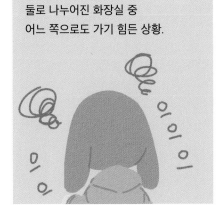

그래서 많은 트랜스젠더들은
화장실을 가지 않는 것을 선택합니다.

참자!!

저도 그랬어요. 가게 된다고 해도 사람이 없는 외진 곳이나 1인화장실 등을 찾았고

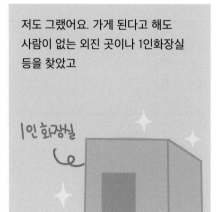

1인화장실

대부분은, 화장실을 가지 못할 걸 고려해서 일정을 짜고, 일찍 귀가하곤 했죠.

…할 일이 몇 개 남았지?

앞으로 6시간만 더 참자!!!

'트랜스젠더 혐오차별 실태조사' 보고서에 따르면, 공중화장실 이용 경험에 대해 응답자 중 39.2%가 화장실을 가지 않기 위해 음료, 음식을 먹지 않았던 경험이 있고…

36%가 화장실 이용을 포기한 적이 있으며, 16.5%가 모욕적 발언을 들었고 12.2%가 화장실 이용을 제지당한 경험이 있다고 해요.

뭘 그렇게 어렵게 살아요? 그냥 수술 여부에 따라서 쓰면 되잖아요.

그렇게 단순하게 해결되면 참 좋을 텐데…

만약 그 의견대로 하더라도 문제는 여전히 남아 있습니다…

트랜스여성은 성별 정정 시 성기 수술이 사실상 필수적이기에, 그 구분에서 비교적 자유로울 수 있겠지만…

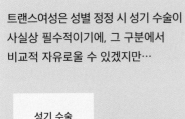

성기 수술
필수 ○

트랜스남성은 성별 정정을 진행하고도, 성기 수술은 거치지 않은 경우가 많거든요.

성기 수술
필수 ×

변성기가 오고, 수염이 나는 등 변화가 와서 남성으로 패싱되는 트랜스남성이

수술을 안 했다고 여사화장실을 쓰면, 큰 혼란이 발생할 수 있죠.

실제로, 트랜스남성이 화장실을 이용할 때

제지당하거나 모욕적 발언을 듣는 비율이 더 높게 나타났습니다.

결국 수술이나 정정을 하건 안 하건, 사람들은 겉모습으로 그 사람의 성별을 판단하니까요.

수염이 있고…

목소리가 낮으니 남성이군

그래서 많은 트랜스남성들은 남자화장실을 사용하지만, 편히 사용할 수 있느냐 하면 그것도 아닙니다.

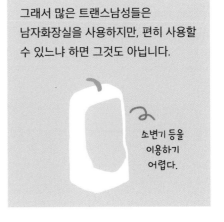

소변기 등을 이용하기 어렵다.

이처럼 현재의 이분화된 화장실로는 어떻게 해도 혼란을 피할 수 없습니다.

그러니 그 틀에 맞지 않는 사람이 있다는 걸 인지하고, 다른 방법을 모색하는 게 좋겠지요?

그래서 그 대안으로 나온 것이 성중립화장실입니다.

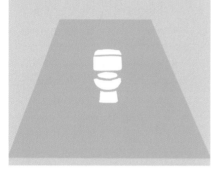

성중립화장실이란?

간단히 말하면, 성별 등에 관계없이 모든 사람들이 이용할 수 있는 화장실입니다.

조금 생소한 개념이지요? 하지만 이미 우리나라에도 이러한 화장실을 운영하는 곳이 몇 군데 있으며,

유럽과 미국 등지에서는 이미 많은 공중화장실이 이러한 성중립화장실이라고 해요.

이렇게 만들어진 성중립화장실은
트랜스젠더뿐만 아니라

성별 규범에 맞지 않아 화장실 사용 시
곤란을 겪는 사람이나

아이고
깜짝아

머리가
왜 저런대

성별이 나른 아이를 네려가는
가족 등에게 다목적 화장실로도
유용하지요.

하지만 이러한 성중립화장실과
관련해서 우려의 목소리를 내는
사람도 많습니다.

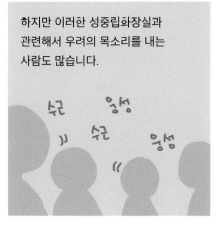

수군
웅성
수군
웅성

주된 이유로는 '범죄'에 대한
걱정이 있는데요,

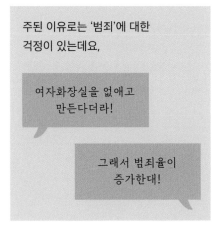

여자화장실을 없애고
만든다더라!

그래서 범죄율이
증가한대!

그러나 이런 오해와는 달리
성중립화장실은 기존의 화장실을 전부
통합하여 만드는 것이 아니며

391

어디까지나 새로운 선택지를 하나
늘리는 것에 지나지 않습니다.

또한 성중립화장실을 유지해온 미국,
유럽 등의 통계를 조사해도 범죄율이
유의미하게 상승했다는 통계는
찾아볼 수 없으며

화장실에서 발생하는 범죄는 화장실이
분리된 지금도 빈번히 일어나는 문제
이기도 합니다.

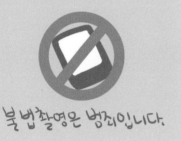

불법촬영은 범죄입니다.

그러나 현재의 화장실이 안전하지
않다고, 화장실 그 자체를 없앨 수는
없는 것처럼,

화장실에서 문제가
발생하니…
화장실을 없앱시다.

!? 그게 뭔;

황당

성중립화장실 신설을 반대하는 근거로 범죄 위험을 드는 건
적절하지 못하다고 할 수 있겠죠.

트랜스젠더 또한
범죄 위험에서
자유롭진 않습니다.

그렇지만 화장실은
가고 싶어요…

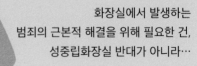

화장실에서 발생하는
범죄의 근본적 해결을 위해 필요한 건,
성중립화장실 반대가 아니라…

범죄 예방을 위한 국가적 대책의 수립,
그에 따른 강화된 처벌, 꾸준한
사회적 교육의 수반이며

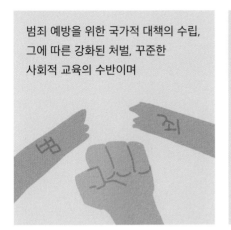

이것은 성중립화장실의 보급과 충분히
양립 가능한 문제라고 생각됩니다.

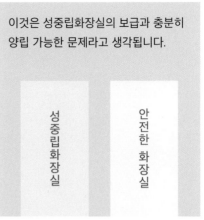

1975년 국회의사당 준공 전,
의회로 사용되던 서울시의회 건물에는
여자화장실이 없었다는 걸
알고 계시나요?

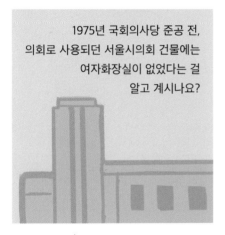

예로부터 갈 수 있는 화장실이 없어서
고통받는 것은, 많은 소수자들이
겪어온 문제였습니다.

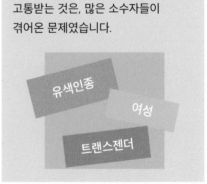

누구나 당연하게 갈 수 있어야 할
화장실이 이러한 정치적 공간으로
남아서는 안 된다고 생각해요.

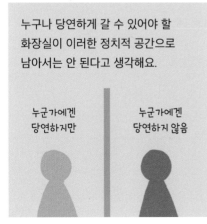

모두가 당연하게, 그리고 안전하게
화장실에 갈 수 있도록…

2020년 초, 논란이 되었던 일을
기억하시나요?

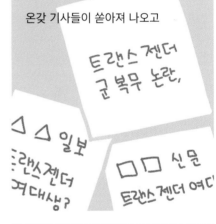

온갖 기사들이 쏟아져 나오고

트랜스젠더를 향한 혐오가
사회를 뒤덮었습니다.

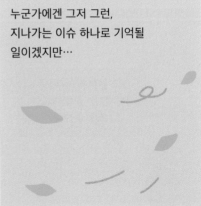

누군가에겐 그저 그런,
지나가는 이슈 하나로 기억될
일이겠지만…

트랜스젠더인 저는, 그날들의 일을 아마 평생 잊지 못할 것입니다.

사실 그리 갑작스러운 것은 아니었어요.

이미 몇 년 전부터, SNS 등에서는 트랜스젠더를 향한 혐오가 가속화되었고

그 강도는 계속 높아져왔으며

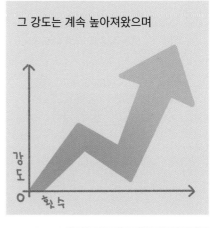

이제는 트랜스젠더를 혐오하는 것이, 하나의 놀이처럼 변해버렸기 때문입니다.

그리고 그 분위기가 만들어낸 결과가, 이것이겠지요.

숙대 트랜스젠더 합격생
결국 입학 포기
"신상유출 등 무서움…

지금까지 우리 사회는, 트랜스젠더를 철저히 타자화해왔습니다.

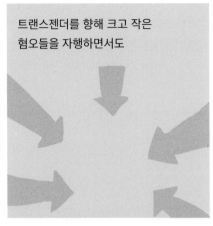

트랜스젠더를 향해 크고 작은 혐오들을 자행하면서도

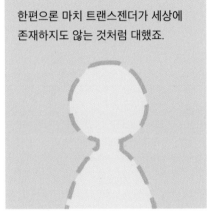

한편으론 마치 트랜스젠더가 세상에 존재하지도 않는 것처럼 대했죠.

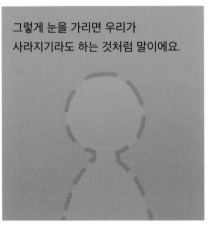

그렇게 눈을 가리면 우리가 사라지기라도 하는 것처럼 말이에요.

우리는 법 바깥에 있는 존재들이었고,

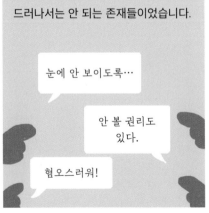

드러나서는 안 되는 존재들이었습니다.

눈에 안 보이도록…

안 볼 권리도 있다.

혐오스러워!

그리고 우리의 목소리가
사회에 울리는 순간,

보란 듯이 찾아온
차별과 혐오는

누군가의 기회를 빼앗고,
일상을 빼앗고,

생명 또한
앗아갔습니다.

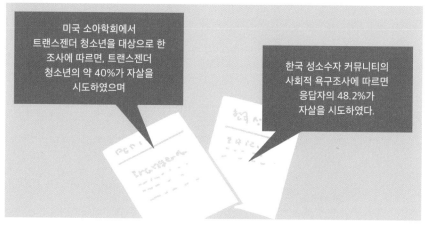

미국 소아학회에서
트랜스젠더 청소년을 대상으로 한
조사에 따르면, 트랜스젠더
청소년의 약 40%가 자살을
시도하였으며

한국 성소수자 커뮤니티의
사회적 욕구조사에 따르면
응답자의 48.2%가
자살을 시도하였다.

"OECD 회원국 중 자살률이 가장 높은 한국에서
나는 사회적 소수자 연구를 해 왔고
수많은 관련 논문을 읽었다.
그러나 이런 수치를 본 적은 없었다.
그렇게 견뎌 나가는 삶은 어떤 것일까."

- 김승섭 외 4인, 《오롯한 당신》 중에서

아무리 눈을 감아본들 존재하는
사람들이 사라지지는 않습니다.

시간이 지날수록 트랜스젠더는 더
가시화되고, 자신을 그렇게 정의하는
사람들도 늘어가겠지요.

저는 앞으로 존재할 많은
트랜스젠더들이, 더는 이런 일들을
겪지 않기를 바랍니다.

사회에서 인권을 이야기할 때,
우리의 존재와 현실 또한 고려될 수
있기를 바랍니다.

이번에는 제가 보고 들었던,
트랜스젠더에 대한 오해를 하나씩
이야기해볼게요.

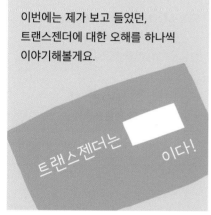

트랜스젠더는 ☐ 이다!

Q. 트랜스젠더는 여자 옷 등을
   입고 싶어서 성별을 바꾸잖아요?
   그건 성역할을 고착화하는 게
   아닌가요?

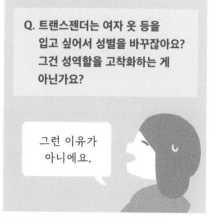

그런 이유가
아니에요.

저는 어깨에 닿지 않는
짧은 머리 스타일을 좋아합니다.

또, 화장을 즐겨 하거나
치마를 별달리 즐겨 입지도 않죠.

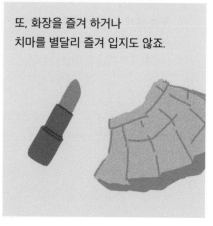

반대로 꾸미는 걸 좋아하는
트랜스남성도 많답니다.

보통 알고 있는 이미지랑은
꽤 다르죠?

이것에 대해 이야기하려면 젠더와
젠더 롤의 차이를 알아야 해요.

젠더 정체성	젠더 롤
(간단히 말해) 내가 인식하는 나의 성별	사회적으로 강요되는 성역할

트랜스젠더란 이 젠더 정체성과
관련된 것이지, 젠더 롤을 추구하는
개념은 아니거든요.

아무리 그래도 누가 치마
입자고 인간관계 망치고
수술하고 그러겠어요!

그래서 저 같은 사람도 있는 거죠.

저는 성별 정정은 했지만,
저 자신의 취향이나 기호를 바꿀
필요는 크게 못 느꼈어요.
좀 독특하긴 해도, 전 지금의
제가 편하고 마음에 들거든요.

400

이렇듯 다양한 모습을 한
트랜스젠더들이 있지만

트랜스젠더가 앞의 질문과 같은
이미지로 굳어지게 된 이유는
따로 있는데요.

제일 큰 이유는, 트랜스젠더는
시스젠더와 다르게 젠더 롤을 따르지
않으면…

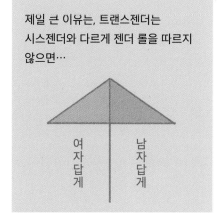

여자답게

남자답게

자신의 성별조차 제대로 인정받지
못하는 경우가 많기 때문입니다.

그런 모습을 하고
네가 여성이라고?

이는 당연히 트랜지션 과정에
큰 문제를 일으키죠.

정말 트랜스젠더가
맞아요?

꽃을 싫어한다고?

머리가 짧은데…?

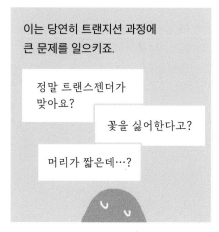

못 믿겠는데…
불허합니다.

정신과

병원

법원

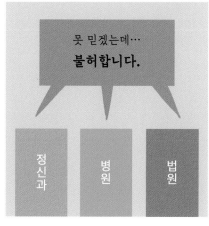

401

또한 트랜지션 이후도 마찬가지입니다.
수술을 끝내고 평범하게 사회 속에
녹아들더라도

트랜스젠더는 항상 자신의 정체성이
발각될지 모른다는 불안을 안고
살아갑니다.

트랜스젠더가
어쩌고…

트랜스젠더의 정체성이 밝혀지는 것은
사회적으로 되돌릴 수 없는 치명적인
위험을 동반하기 때문이에요.

절대

알려지면
안 돼…

내 얘기
아니구나…

휴…

그러한 트랜스젠더에게 패싱은
생존의 문제일 수밖에 없죠.

최대한 남들처럼,
평범하게 보이도록…

물론 이런 복잡한 이유를 다 떠나서,
저는 트랜스젠더 개인이

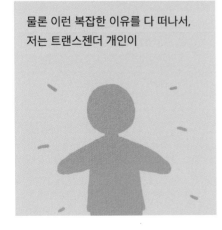

사회적으로 여성적, 혹은
남성적이라고 생각되는 차림을
선호하더라도

시스젠더에 비해
수백, 수천 배는 적은 수인
트랜스젠더 집단에게

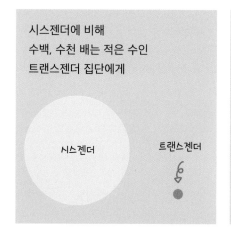

아주 오래전부터 만들어진 성역할에
대한 책임을 묻는 건 조금 이상하다고
생각합니다.

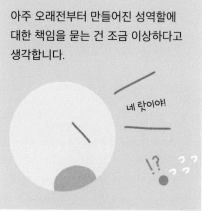

앞서 말했던 것처럼 트랜스젠더 또한
그러한 성역할의 피해자이며,

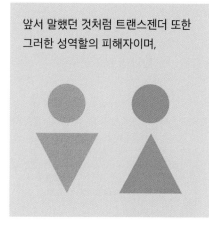

궁극적으론 그러한 성역할이 사라지는
세상을 바라니까요.

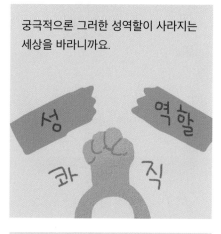

어떤 정해진 모습을 따르지 않더라도
내 모습 그대로 나의 정체성이
인정받을 수 있는 세상이요!

그러니 이건 우리 모두가 힘을 합쳐서
차근차근 바꿔가야 할 문제가
아닐까요?

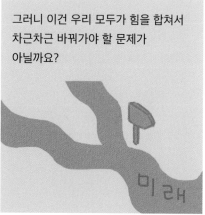

Q. 어째서 트랜스젠더는 다
   MTF(트랜스여성)뿐인가요?

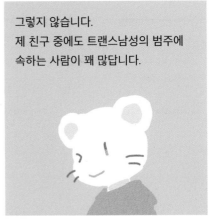

그렇지 않습니다.
제 친구 중에도 트랜스남성의 범주에
속하는 사람이 꽤 많습니다.

그뿐만 아니라 유명인인 트랜스남성도
상당수 존재하지요.

조금만 찾아보면
알 수 있답니다.

대부분의 사람들은 이러한
트랜스젠더를 실제로 본 적이 없을 거라
생각하겠지만…

아니

저는
못 봤는데요…

일반적으로 트랜스젠더는 가능하면
사회에 녹아들어 살아가는 걸
선호하기 때문에

튀지말자…

아마 봤더라도 알아채지 못했을
확률이 높습니다.

그와 달리 트랜스여성이 사회에
더 많이 드러난 이유는

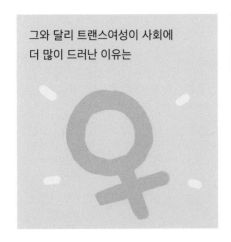

신체적으로 눈에 띄는 (혹은 그렇다고
여겨지는) 요소가 비교적 더 존재하고,
그로 인한 대상화가 쉽게 이루어지기
때문입니다.

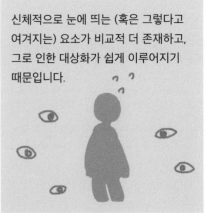

'저 사람 꼭 트랜스젠더 같아!'
이런 말 한 번쯤 들어보신 적 있죠?

트랜스젠더가 아니라도,
'남성적'으로 보이는 여성을
조롱할 때 쓰이곤 하니까요.

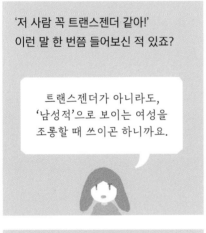

이렇듯 사회엔 이미
'트랜스젠더 = 트랜스여성'이라는
인식이 깔려 있고,

트랜스젠더

남자가? 여자 되는 것?
뭐 그런 거 아니에요???

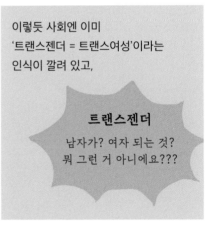

이러한 혐오를 재생산하는 것은
트랜스여성을 끔찍한 방향으로
조명하는 동시에,

트랜스남성의 가시화에도 악영향을
끼치게 됩니다.

수잔 스트라이커의 《트랜스젠더의 역사》에 따르면,
"시각적으로 누군가를 트랜스젠더로 인지하는 일은 트랜스젠더를
향한 차별과 폭력이 벌어지는 주요 계기 중 하나인 만큼 [비교적
더 쉽게 노출되는] 트랜스젠더 여성은 정치 활동과 자기 방어
활동에 더 큰 욕구를 지녔다."고 말하고 있습니다.

트랜스
젠더의
역사

이는 현대 한국사회에도 어느 정도 적용할 수 있는 내용이라 생각됩니다.

트랜스젠더의 가시화는 많은 위험을
동반하는 만큼

더 나은 세상이 온다면 자신을 드러내는
트랜스젠더의 수도 자연스레 더
많아지겠지요.

Q. 트랜스젠더는 여성을
   대상으로 하는 범죄로부터
   안전하다

그러므로 여성으로 패싱되는
트랜스젠더라면, 동일한 범죄의 위험을
겪게 됩니다.

그렇지
않아요

범죄는 트랜스젠더,
시스젠더를 가려서
일어나지 않으니까요.

Q. 크로스드레서(CD)가
트랜스젠더가 되는 것 아닌가요?

둘은 전혀 다른
개념입니다.

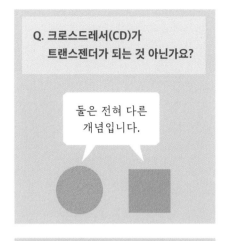

크로스드레서란 사회적으로
이성의 것이라 여겨지는 옷차림을
하는 사람을 의미하며

트랜스젠더는 지정된 성별과
다른 성별정체성을 가진 사람을
뜻합니다.

물론 크로스드레싱을 거치며 정체성을
깨닫는 트랜스젠더도 존재하지만

근본적으로 연속되는 개념은
아니랍니다.

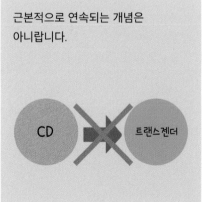

두 단어는 당사자들조차 오용하는
경우가 흔하기에 다소 주의가
필요하겠습니다.

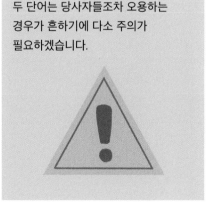

또한 종종 수술을 마치지 않은
트랜스여성을 대상으로 영어로
'쉬메일'이라는 단어가 쓰이기도 하는데

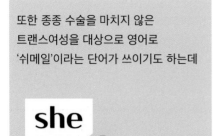

이것은 사용하지 않는 편이 좋습니다.
멸칭으로 시작된 단어니까요.

Q. 여성을 좋아하는 MTF(트랜스여성)
를 봤습니다. 그럼 그냥 남성으로
살면 되지 않나요?

트랜스젠더의 성별정체성은
어떤 성별을 좋아하는지에
따라 바뀌는 게 아닙니다.

성별정체성과 성적 지향은
전혀 다른 영역이기 때문입니다.

트랜스젠더는, 트랜스젠더이면서

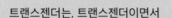

이성애자일 수도, 동성애자일 수도,
그 외의 성적 지향을 가지고
있을 수도 있습니다.

Q. 트랜스젠더는 자연의 섭리를
위반하는 것이 아닌가? 수술로
만들어진 것을 진짜 성기라고
볼 수 있나?

그야 뭐 칼을 대니까
자연스러운 건 아니겠죠.

그런데 우리는 뼈가 부러지면 철심을
박고, 치아가 빠지면 임플란트를
심지 않나요?

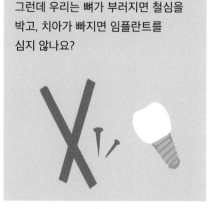

손상된 상기와 피부를 이식하거나,
약물과 수술로 병을 치료하기도 하죠.

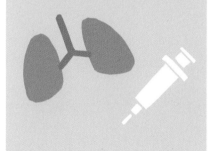

그러한 치료로 환자의 수명과 신체의
기능을 연장하는 것 또한 자연의
섭리는 아닙니다.

그러나 이런 행위를 비난하거나
그에 대해 의문을 가지진 않아요.
누군가에겐 꼭 필요한 조치니까요.

트랜스젠더를 대상으로 하는 의료 과정
또한, 누군가에게 꼭 필요한 것이라고
생각해주세요.

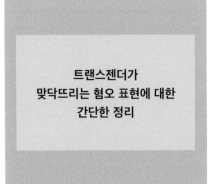

트랜스젠더가
맞닥뜨리는 혐오 표현에 대한
간단한 정리

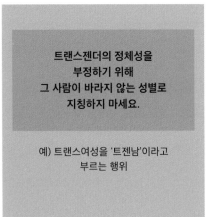

트랜스젠더의 정체성을
부정하기 위해
그 사람이 바라지 않는 성별로
지칭하지 마세요.

예) 트랜스여성을 '트젠남'이라고
부르는 행위

이러한 단어의 오염 행위는

이 트젠남!!

삿대질

실재하는 트랜스남성을 지웁니다.

왜요.

MTF

FTM

?

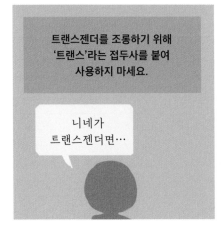

트랜스젠더를 조롱하기 위해
'트랜스'라는 접두사를 붙여
사용하지 마세요.

니네가
트랜스젠더면…

ㅋㅋ

트랜스
공룡이다!

나는 트랜스
멍멍이다!

트랜스
흑인이다!

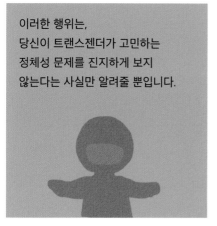

이러한 행위는,
당신이 트랜스젠더가 고민하는
정체성 문제를 진지하게 보지
않는다는 사실만 알려줄 뿐입니다.

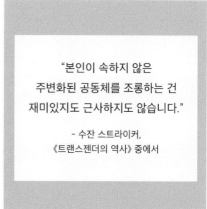

"본인이 속하지 않은
주변화된 공동체를 조롱하는 건
재미있지도 근사하지도 않습니다."

- 수잔 스트라이커,
《트랜스젠더의 역사》 중에서

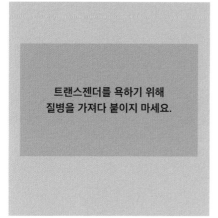

트랜스젠더를 욕하기 위해
질병을 가져다 붙이지 마세요.

트랜스젠더는
정신병이다!

이 젠신병자*!

* '트랜스젠더+정신병자'의 속어

세계보건기구는 공식적으로
트랜스젠더를 정신질환 목록에서
제외했으며

설령 트랜스젠더가 병의 범주에
들어간다 해도, 정신질환은 희화화될
대상이 아닙니다.

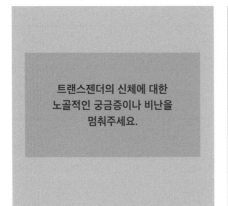

트랜스젠더의 신체에 대한
노골적인 궁금증이나 비난을
멈춰주세요.

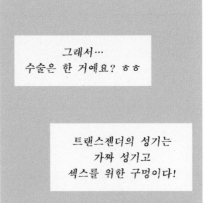

그래서…
수술은 한 거예요? ㅎㅎ

트랜스젠더의 성기는
가짜 성기고
섹스를 위한 구멍이다!

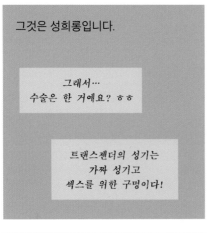

그것은 성희롱입니다.

그래서…
수술은 한 거예요? ㅎㅎ

트랜스젠더의 성기는
가짜 성기고
섹스를 위한 구멍이다!

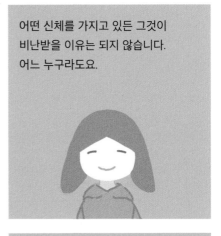

어떤 신체를 가지고 있든 그것이
비난받을 이유는 되지 않습니다.
어느 누구라도요.

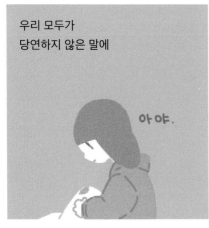

우리 모두가
당연하지 않은 말에

아야.

익숙해지지 않길
바랍니다.

412

제가 트랜스젠더
일까요?

한때 SNS에서 익명 실문함을 열어,
고민 상담 등을 나누었던 적이
있습니다.

제가 받은 질문 중에는 자신의
성별정체성에 대한 고민도 많았어요.

저는 제가 트랜스젠더인지
잘 모르겠어요··· 그렇게
디스포리아도 없는 것 같고···

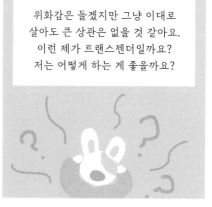

위화감은 들겠지만 그냥 이대로
살아도 큰 상관은 없을 것 같아요.
이런 제가 트랜스젠더일까요?
저는 어떻게 하는 게 좋을까요?

결론부터 말하자면…
이런 질문에 대해서 저는 답을
내려드릴 수가 없어요.

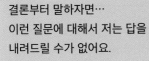

저뿐만
아니라

그 누구도
내릴 수 없죠.

왜냐하면, 누군가의 정체성은
자기 자신만이 알고 오직 스스로 결론
내릴 수 있는 것이기 때문입니다.

그럼 이 성별정체성이라는 건 무엇이며,
어떻게 형성될까요?

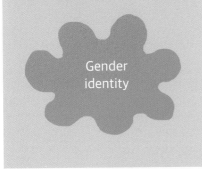

Gender
identity

성별정체성이란 간단히 말하면 스스로를
어떤 성별로 인식하느냐 하는 거예요.

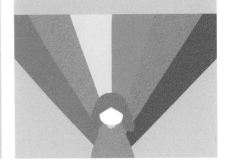

여러 가지 선천적 요소와 환경 등이
복합적으로 작용해 형성된다고
알려져 있으며

Milk

이렇게 형성된 정체성은 '외부의 간섭'
으로는 바꿀 수 없습니다.

정체성을 확립한다는 건, 이렇게 형성된 정체성에

제일 적합한 이름표를 찾아가는 과정이라고 생각해요.

그 과정에서 제일 중요한 건 역시 나를 알아가는 것, 자신과의 대화입니다.

역시 난 설탕을 3개는 넣어야 해!

그렇게나…?

앞의 질문과 같이 디스포리아의 유무나 여러 가지 조건 때문에

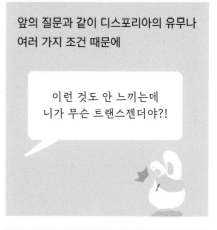

이런 것도 안 느끼는데 니가 무슨 트랜스젠더야?!

자신의 정체성에 대해 고민하는 건, 어쩌면 당연한 과정일지도 몰라요.

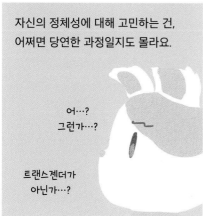

어…? 그런가…?

트랜스젠더가 아닌가…?

정체성의 탐색은 결국 혼란스러움에서 시작되니까요.

나는 누구인가

그러나 사실 그런 것들은 내 정체성을 판가름하지도 않고, 별로 중요한 것도 아니라는 것.

어느 쪽도 틀리지 않음.

오히려 명심해야 할 것은 정체성을 찾건, 트랜지션을 하건, 그 모든 고민이

결국 나를 위해서라는 것을 잊지 마세요!

그 어떤 상황에서도 자신의 행복을 제일 우선으로 두었으면 좋겠습니다.

"…우리는 왜 어떤 사람은 동성애자거나 트랜스젠더인지 궁금해 할 수 있고, 트랜스젠더 되기가 어떻게 가능한지를 설명하려고 모든 종류의 이론을 대거나 많은 재미있는 이야기를 할 수도 있지만,

궁극적으로 인구의 소수는 그저 단순히 '그렇다'는 사실을 그저 단순하게 받아들여야 한다."

- 수잔 스트라이커, 《트랜스젠더의 역사》 중에서

그렇대

그렇구나

참고 자료

단행본

김승섭 외 4인, 《오롯한 당신》, 숨쉬는책공장, 2018.
수잔 스트라이커, 루인·제이 옮김, 《트랜스젠더의 역사》, 이매진, 2016.
애슐리 마델, 팀 이르다 옮김, 《LGBT+ 첫걸음》, 봄알람, 2017.

기사 및 보도

'국회의원 회관과 여성화장실', 〈서울신문〉, https://www.seoul.co.kr/news/newsView.php?id
=20151002030008
'늘어나는 트랜스젠더…"25만여명 진료할 의사가 없다"', 〈데일리메디〉, http://www.dailymedi.
com/detail.php?number=805869
'대법, 13년 만에 성별정정 예규 개정…'부모동의' 없어도 성별정정 가능', 〈투데이신문〉, http://
www.ntoday.co.kr/news/articleView.html?idxno=68186
'대법원 "트랜스젠더 성별정정 신청, 부모동의 없어도 된다"…13년 만에 예규 개정', 〈경향신문〉, https://
www.khan.co.kr/national/court-law/article/201908211107001
'법원, 성전환자 성기수술 안해도 성별 전환 첫 허가'. 〈한겨레〉, https://www.hani.co.kr/arti/society/
society_general/578322.html
'생식 능력 제거 수술 안 해도 성별 정정 가능', MBC, https://imnews.imbc.com/replay/2021/nwdesk/
article/6309322_34936.html
'성인인데…성별 정정에 '부모 동의서' 필요한가요?', 〈한겨레〉, https://m.hani.co.kr/arti/society/
society_general/895411.html
'성전환자 성별정정 쉬워진다…필수 서류는 '참고용'으로', 〈중앙일보〉, https://www.joongang.co.kr/
article/23712687#home
'숙대 트랜스젠더 합격생 결국 입학 포기 "신상유출 등 무서움 컸다"', 〈한겨레〉, https://www.hani.
co.kr/arti/society/society_general/927386.html
'숙명여대에 내시가 입학했다. 성전환 여대생 입학거부 확산.', 〈뉴데일리〉, https://www.newdaily.
co.kr/site/data/html/2020/02/04/2020020400203.html
'전국 트랜스젠더 6천 명 추산…65%는 수도권 거주', SBS, https://news.sbs.co.kr/news/endPage.
do?news_id=N1005801279
'트랜스젠더 여성 강간 피해 첫 인정', 〈중앙일보〉, https://www.joongang.co.kr/article/3498816
#home
'트랜스젠더 여성인 나는 소프라노 음악가를 꿈꾸며 어린 시절 성호르몬 억제제를 처방받았기
에 원하는 삶을 살고 있다'. 〈허프포스트 코리아〉, https://www.huffingtonpost.kr/entry/

417

transgender-kids-puberty-blockers_kr_607e298de4b0df3610bf3b94

'트랜스젠더군인? 트랜스젠더 여대생? 방아쇠 당긴 성소수자 논의', 〈서울경제〉, https://www.sedaily.com/NewsVIew/1YXS87YPT1

'트랜스젠더라 궁금해서 면접 와보라고 한 거예요', 〈연합뉴스〉, https://www.yna.co.kr/view/AKR20151110181100004

'LGBT: 세계보건기구, 트랜스젠더 '정신질환' 항목서 제외키로', BBC 코리아, https://www.bbc.com/korean/news-48455671

'WHO가 28년 만에 "트랜스젠더는 정신질환 아니다"라고 선언하다'. 〈허프포스트 코리아〉, https://www.huffingtonpost.kr/entry/transgender_kr_5b28d68ae4b0a4dc992060e6

저널 및 보고서

국가인권위원회, 《성적지향·성별정체성에 따른 차별 실태조사》, 2014.

국가인권위원회, 《트랜스젠더 혐오차별 실태조사》, 2020.

김진이, 〈가족의 거부로 인한 성소수자의 정신건강에 관한 연구: 합의적 질적 연구(CQR)〉, 《한국심리학회지 : 문화 및 사회문제》, 2017, Vol. 23, No. 4, 605~634.

이혜민 외 4인, Experiences of and barriers to transition-related healthcare among Korean transgender adults: focus on gender identity disorder diagnosis, hormone therapy, and sex reassignment surgery (한국 트랜스젠더의 의료적 트랜지션 관련 경험과 장벽: 정신과진단, 호르몬요법, 성전환수술을 중심으로), *Epidemiol Health*, Volume: 40, Article ID: e2018005, https://doi.org/10.4178/epih.e2018005

이호림 외 4인, 〈한국 트랜스젠더 의료접근성에 대한 시론〉, 《보건사회연구》 35(4), 2015, 64~94.

한국게이인권운동단체 친구사이, 《한국 LGBTI 커뮤니티 사회적 욕구조사 최종보고서》, 2014.

Russell B. Toomey, PhD; Amy K. Syvertsen, PhD; Maura Shramko, MPP, Transgender Adolescent Suicide Behavior, *Pediatrics* (2018) 142 (4): e20174218, https://doi.org/10.1542/peds.2017-4218.

Sandy E. James, Jody L. Herman, Susan Rankin, Mara Keisling, Lisa Mottet, Ma'ayan Anafi, *The Report of the 2015 U.S. Transgender Survey*, December 2016.

웹페이지

'미국의 성중립 화장실 설치 이후, 트렌스젠더에 의한 성범죄가 발생했다?', 미디어인권연구소 뭉클, https://www.mungclelab.com/post/미국의-성중립-화장실-설치-이후-트렌스젠더에-의한-성범죄가-발생했다

'성전환자의 성별정정허가신청사건 등 사무처리지침', https://glaw.scourt.go.kr/wsjo/gchick/sjo330.do?contId=3226349#1642073103456

조각보 트랜스젠더 성별정정 가이드라인, http://www.transgender.or.kr/29/?q=YToyOntzOjEyOiJrZXl3b3JkX3R5cGUiO3M6MzoiYWxsIjtzOjQ6InBhZ2UiO2k6MTk7fQ%3D%3D&bmode=view&idx=6259085&t=board

조이어스 심리상담센터 홈페이지, https://joyouscenter.modoo.at/?link=3qub8v7w
카몰병원 홈페이지, https://www.kamolhospital.com/kr/
트랜스로드맵, http://transroadmap.net/
행동하는성소수자인권연대, https://lgbtpride.tistory.com/1277

기타

대법원 1996. 6. 11. 선고 96도791 판결, https://casenote.kr/대법원/96도791
'트랜스섹슈얼·트랜스젠더·성별비순응자를 위한 건강관리실무표준', 세계트랜스젠더보건의료전문
    가협회(WPATH)(World Professional Association for Transgender Health)